Alicia. Liebe gut, alles gut

Ilona Einwohlt

Liebe gut, alles gut

Ilona Einwohlt

Alicia

Arena

Weitere Titel der Reihe:
Alicia. Unverhofft nervt oft (Band 06932)
Alicia. Wer zuerst küsst, küsst am besten (Band 06995)

1. Auflage 2015
© 2015 Arena Verlag GmbH, Würzburg
Alle Rechte vorbehalten
Einbandillustration und Innenvignetten: Martina Badstuber
Einbandgestaltung: Frauke Schneider
Innengestaltung: KOKOM Kommunikation GmbH, Darmstadt
Gesamtherstellung: Westermann Druck Zwickau GmbH
ISBN 978-3-401-60044-4

www.arena-verlag.de
Mitreden unter forum.arena-verlag.de

Inhalt

Das Glück ist wie ein Omnibus …	9
Großer Bahnhof	23
Einsatz verpasst	38
Busfahrt ins Unglück	50
Fußball im Kopf	65
Haarige Zeiten	78
Endstation Ärger	93
Entdeckung mit Folgen	106
Gut gestimmt	121
Voll verbrannt	135
Verwirrt, verirrt, gewonnen	148
Liebe ohne Grenzen	161

Hey!

Ich bin Alicia und dies ist die Geschichte von MEINEM Wunderland, genannt Bahnhof.
Mein Vater ruft mich zwar „Alitschia", weil er ein Faible für alles Italienische hat, aber das macht die Sache nicht besser. Bis vor Kurzem lebte ich hier in trauter Zweisamkeit mit Oma Lisa, während Papa als Tourismusmanager durch die Welt reiste. Dann schrieb ich jene verhängnisvolle Fünf in Mathe, mein Vater verliebte sich in meine Lehrerin Roselotte Froboese – und „Rosa" (von ihm mit italienisch offenem „O" gesprochen) zog mit Katze, Krempel und ihren drei Kindern bei uns ein. Seitdem ist nichts mehr, wie es einmal war: Aus dem alten, sanierungsbedürftigen Gebäude ist ein florierendes Jugendhostel geworden, Papa hat seinen Job längst an den Nagel gehängt, Oma Lisa hat sich zur Ruhe gesetzt und schmiert keine Kräuterbrote mehr.

Stattdessen gibt es jeden Tag Suppe satt – für die gesamte Großfamilie! Nur Nervzwerg Yaris bekommt seine üblichen Extrawürste und Philipp, Roselottes ältester Lieblingssohn, sowieso. Sehr zum Ärger von Lynn, die mir nach wie vor mit ihrer tussigen Art grässlich auf den Zeiger geht. Weil sich die Umbau- und Renovierungsarbeiten in die Länge ziehen, müssen wir uns immer noch mein Zimmer teilen. Wer jetzt denkt: Na, so langsam muss sie sich doch dran gewöhnt haben – geschnitten, an Lynns pinkpuschelige Tagesdecke und ihre Schneekugelsammlung gewöhne ich mich genauso wenig wie an ihren piepsigen Micky-Maus-Wecker, der jeden Morgen pünktlich um sechs Uhr losquietscht, egal, ob Ferien sind oder nicht. Und ihr neustes Hobby, nämlich Modezeichnen, geht mir ebenfalls auf den Keks.

Meine beste Freundin Bibi ist der Meinung, dass ich großes Glück mit meinen neuen „Geschwistern" hätte. Sie selbst ist Einzelkind und hat eine Mutter, die alles verbietet, was Spaß macht. Zurzeit ist sie Dauergast auf unserem Gelände, weil mein bester Kumpel und Nachbar Daniel ihr erster RICHTIGER Freund ist. Im Gegensatz zu mir blüht Bibi in unserer großen Familienrunde voll auf: Sie spielt mit Yaris UNO bis zum Abwinken, hilft Oma Lisa beim Apfelmuskochen, lässt sich von Roselotte Suppenrezepte erklären und tauscht mit Lynn angesagte Beauty- und Schminktipps, bevor sie mit Daniel zum Knutschen in seiner Lok verschwindet. Ich kann da leider nicht mitreden, weil ich mich für all diesen MÄDCHENKRAM nicht sonderlich interessiere. Statt Mädchenzeitschriften zu studieren oder in der Drogerie mein Taschengeld gegen Glitzerdöschen einzutauschen, chille ich lieber am See oder in unserer Meisterbude im alten Lokschuppen und träume – von TIM!!!!!!!!!!!! Denn obwohl ich mit meiner Normalo-Figur nur Normalo-Klamotten trage, habe ich jetzt auch einen Freund. Bibi ist sehr stolz auf mich, dass ich es geschafft habe, mich endlich auch zu verlieben. Wenn sie wüsste, dass es eher Zufall war, würde sie nur wieder ihr mitleidiges Lächeln aufsetzen und sich durch ihre blonden Haare schnicken. Deswegen erzähle ich ihr lieber nichts von den KUSS-MUSS-Bedingungen der geheimen Tagebücher meiner Mutter und wie aufregend kribbelig es in meinem Bauch zugeht, wenn ich nur an Tim!!!!!!!!!!!! denke ...

Das Glück ist wie ein Omnibus ...

Es war ein gemütlicher Montagmorgen, der nicht hätte besser anfangen können – wäre er nicht der erste Schultag nach den Sommerferien gewesen. Während sich Philipp, Lynn und Yaris längst auf dem Weg zur Schule befanden, Oma Lisa noch schlief und Papa und Roselotte mit ihren Gästen beschäftigt waren, saß ich glücklich und alleine in unserer Küche, biss genüsslich in mein Nutellabrot und freute mich über – RUHE. Leise lächelte ich in mich hinein und blickte nach draußen in den Hof, der sonst brummte wie ein Bienenstock. Heute war es wirklich

gespenstisch still. Kein Baulärm, kein Türklappern, kein Geschrei, keine Musik, nur ein Hauch von Lynns Lieblingsparfüm, der noch in der Luft lag, verriet, dass ich seit Neuestem eine „Schwester" hatte, mit der ich nicht nur das Badezimmer teilen musste. Da sie nicht wie verabredet zu ihrem Vater Fritz nach Mallorca geflogen war, hatte ich sie die ganzen Ferien über hier ertragen müssen. Ich streckte meine Beine aus, verschränkte die Arme hinter dem Kopf und fühlte mich froh wie seit Langem nicht mehr. Das mochte auch an Tim liegen, mit dem ich gestern Abend noch bis Mitternacht geskypt hatte. Genauer gesagt, hatten wir sämtliche Smileys unserer Smartphones der Reihe nach ausprobiert und jede Menge Spaß gehabt. Sein letzter Smiley war der Knutschi gewesen ... Ich wollte Tim gerade einen Gutenmorgenkuss-Smiley schicken, da klingelte es an unserer Haustür Sturm.
„Los, beeil dich, der Bus wartet nicht! Bist du krank oder was?" Es war Daniel, der hektisch auf seine Uhr deutete. Wie immer war mein bester Nachbarskumpel gekommen, um mich abzuholen, das war seit dem Kindergarten so, hatte sich in der Grundschule nicht geändert und würde auch in Zukunft so bleiben. Er immer drei Minuten überpünktlich und ich stets eine hinterher.
„Keine Panik, komme schon!" Schnell stopfte ich mein Handy zurück in die Tasche, zog meine Jacke über und sprang die Stufen hinab. Dann musste Tim eben auf seinen Smiley warten. Er wohnte am anderen Ende der Stadt und ging auf eine andere Schule, ich würde ihn frühestens heute Nachmittag sprechen.

„Ist Lynn schon weg?"

„Längst!" Ich konnte mir ein Grinsen nicht verkneifen, während wir uns auf den Weg machten. Lynn hatte sich heute Morgen wie immer in aller Herrgottsfrühe startklar gemacht, hatte stundenlang das Badezimmer belegt, bevor sie parfümiert und gepudert Richtung Schulbus verschwunden war. Was sie nicht wusste: Seit es vor unserem neu eröffneten Jugendhostel endlich eine richtige Bushaltestelle gab, kam der Schulbus nicht mehr zu uns, weil sich die Stadt das Geld dafür sparen wollte und wir, wie die meisten Schulkinder, die öffentlichen Verkehrsmittel nehmen sollten. Und das bedeutete: Nicht mehr mit den Hühnern aufstehen, sondern vierzig Minuten später zur Halte gehen.

Deshalb lachte ich mich jetzt insgeheim halb tot vor Schadenfreude, weil sich Lynn heute Morgen umsonst beeilt hatte und mit Philipp beim Frühstücken aneinandergerasselt war. Der besuchte nach seinem Austauschjahr in den USA heute zum ersten Mal wieder seine alte Schule und wollte entsprechend pünktlich sein, er war als Erster aus dem Haus gegangen. Ganz bestimmt freuten sich seine Lehrer, ihn zu sehen. Er war ein guter Schüler und bei allen beliebt, wie mir seine Kumpels Mirko und Ralle erzählten, als sie ihn letzte Woche bei uns besucht hatten. Lynn wurde ganz hibbelig, als sie die beiden gut aussehenden Jungs erblickte. Längst hatte sie ihren Exfreund Shaun tränenreich überwunden und schien nichts dagegen zu haben, sich wieder neu zu verlieben.

Ob ich Tim heute endlich wiedersehen würde? Er sah seinem Zwillingsbruder Tom zum Verwechseln ähnlich, aber wenn Tim vor mir stand, wusste ich, dass ER es war, weil seine grün gesprenkelten Augen machten, dass sich in meinem Bauch alles prickelig-brausig anfühlte und …
„Aufpassen, Alicia!"
Jemand hielt mich mit einem heftigen Ruck am Ärmel fest.
„Träumst du? Beinahe wärst du in ein Auto gelaufen …" Daniel blickte mich vorwurfsvoll an.
„Schon okay, reg dich ab." Ich zupfte mein T-Shirt zurecht, das jetzt erst recht ausgeleiert wirkte. Bestimmt würde Bibi gleich wieder darüber lästern und mich fragen, aus welchem Altkleidersack ich es heimlich geklaut hätte. Dabei würde sie sich mit einem hinreißenden Augenaufschlag ihrer getuschten Wimpern über ihre knalleng sitzende Seidenbluse streichen, unter der sie einen Blümchen-BH trug. In Bibis Augen war ich ein hoffnungsloser Fall. Immerhin hatte ich jetzt einen Freund und damit war ich kilometerweit in ihrer Achtung gestiegen.
„Meinst du, wir bekommen einen Klassenlehrer oder eine -lehrerin?", wollte Daniel wissen und winkte Lynn von Weitem zu, die mit angesäuerter Miene im Wartehäuschen saß.
„Lass dich überraschen!", antwortete ich. Schule interessierte mich aktuell sehr wenig, und dass wir einen neuen Klassenlehrer bekamen, erst recht nicht. Ich war eine Durchschnittsschülerin mit Durchschnittsnoten, in meinem Lieblingsfach Bio war ich auch nicht besser als

in Englisch, wo ich so gut wie nie Hausaufgaben machte. Da war es mir ziemlich gleich, welcher Lehrer vor mir stand.

Ich stellte mich neben Lynn. „Na, Bus verpasst?"

„Sehr witzig", fauchte sie und sah mich schlitzig an, sparte sich aber zum Glück einen Kommentar, weil in diesem Moment der Bus angerauscht kam. Daniel grinste, er hatte heute Morgen sichtbar gute Laune. Doch als fünf Haltestellen später Bibi einstieg und uns alle fröhlich zuwinkte, verzog er sein Gesicht und begrüßte seine Freundin nur mit einem knappen Kopfnicken. Als er sich dann im neuen Klassensaal nicht neben sie setzen wollte, sondern stattdessen lieber neben seinen Kumpel Felix, war sie beleidigt.

„Wie kann er nur!", tobte sie in der großen Pause, als wir gemeinsam mit Jo und Amal über den Schulhof Richtung Eckbänke schlenderten, um Neuigkeiten auszutauschen. „Vor ein paar Tagen noch hat er mir gesagt, wie süß er mich finde und heute …" Bibi schüttelte den Kopf, dass ihre langen blonden Haare nur so flogen.

„Wahrscheinlich ist ihm das peinlich", meinte Jo, die selbst schon *Erfahrung* hatte. „Typisch Jungs! Alleine superkuschelig, und sobald die anderen dabei sind, lassen sie dich links liegen."

„Aber Daniel ist nicht so einer", versuchte ich, meinen besten Kumpel zu verteidigen, obwohl ich seine Reaktion auch nicht kapierte. Ihm hatte es bisher nie etwas ausgemacht, sich mit Mädchen zu zeigen oder neben mir zu sitzen. Im Gegenteil, oft kam es mir so vor, als suche er absichtlich meine Nähe, um sich vor den ewig raufenden und angebenden Jungs zu verstecken. Daniel war einfach Daniel, er hatte seinen eigenen Kopf, Spaßkloppe und Kräftemessen waren nun mal nicht seine Art. Und wenn er jetzt nicht mit Bibi in aller Öffentlichkeit kuscheln wollte, hatte er unter Garantie einen Grund dafür.

„Sei froh, dass Tim auf eine andere Schule geht, da sparst du dir was", seufzte Bibi theatralisch und da konnte ich ihr schlecht antworten, dass ich mir heute Morgen genau das Gegenteil gewünscht hatte. Ich an ihrer Stelle wäre froh, wenn er mit mir in eine Klasse ginge, da würde ich ihn wenigstens sehen.

„Ich hab jetzt übrigens auch einen Freund, na ja, fast ... es fehlt nicht mehr viel", gestand Amal und wurde rot dabei.

„Echt? Erzähl! Wen? Wie heißt er? Wie sieht er aus?", bohrte Bibi und streckte Daniel im Vorübergehen die Zunge raus, der so tat, als bemerke er das nicht.

„Wie er heißt, weiß ich nicht ...", stammelte sie und da lachte Jo sie aus.

„Haha, du hast einen Freund und weißt nicht, wie er heißt!"

„Du bist blöd", zischte sie. „Wir haben uns sehr lange und intensiv unterhalten. Und er hat mich gefragt, ob wir uns heute wiedersehen." Sie blickte Jo triumphierend an.

„Jetzt sag schon, wo habt ihr euch kennengelernt?", hakte Bibi nach.

„Auf dem Spielplatz." Wieder lief Amal rot an. „Ich war mit meinen kleinen Geschwistern im Bürgerpark und er mit seinem Board auf der Rampe. Mir wurde schon vom Zugucken schwindelig, weil er so coole Tricks draufhatte."

„Und da hast du ihn einfach angesprochen?" Insgeheim staunte ich über Amal, die sonst immer eher still und zurückhaltend wirkte. Wenn ich da an Tim und mich dachte, wie lange wir umeinander herumgeeiert waren, bis wir uns zum ersten Mal geküsst hatten ... Wäre nicht dieser Silberfischanhänger und die Sache mit Mamas Tagebuch gewesen, würden wir uns vielleicht heute noch unschlüssig anstarren ...

Amal riss mich aus meinen Gedanken. „Nee, das war anders. Ilias hat sich losgerissen und ist einfach auf die Anlage gerannt. Da musste ich natürlich hinterher und ihn wegfischen. Na ja, und bei der Gelegenheit ..." Abermals bekam sie rote Wangen.

„Wie cool!" Bibi führte ein Freudentänzchen auf. „Jetzt haben wir alle einen Freund. Was ist mit dir, Jo? Du bist doch noch mit John zusammen, oder?"

„Klar, was denkst du denn." Jo grinste.

Da war Bibi nicht mehr zu stoppen. Sie erzählte den anderen lang und breit, wie sie mit Daniel zusammengekommen war, wie Mega! Hammer! ihr erster Kuss gewesen war und wie toll sie sich mit ihm unterhalten könne, wenn sie ALLEINE mit ihm war. „Aber Carlo nervt! Laufen wir Hand in Hand, quetscht er sich dazwischen. Sitze ich bei Daniel auf dem Schoß, legt er seinen Kopf dazu. Und küssen wir uns ..."

„Ist halt ein Anstandswauwau", ulkte Jo und erntete daraufhin eine Kopfnuss von Bibi.

„Carlo ist Daniels Ein und Alles", versuchte ich einen ernsthaften Einwand. „Die beiden sind unzertrennlich. Seit Daniel draußen in der Lok wohnt sowieso." Dorthin flüchtete er nämlich gerne vor seiner Mutter, nachdem der kleine Yaris jede Gelegenheit nutzte, um in unsere Meisterbude „einzubrechen".

„Ja, aber ich bin seine Freundin, ist das nicht wichtiger? Und genau das habe ich ihm gestern auch so gesagt", beharrte Bibi und Amal nickte beifällig. Da bekam ich eine Ahnung davon, weshalb Daniel sich ihr gegenüber heute Morgen so abweisend verhielt. Weil es in diesem Moment zur dritten Stunde klingelte und ich sie zudem nicht auch noch verärgern wollte, hielt ich lieber meinen Mund.

„Wie wäre es, wenn wir uns heute Nachmittag alle gemeinsam mit unseren Freunden zum Picknick treffen?", wisperte mir Bibi aufgeregt hinter vorgehaltener Hand zu, während wir uns im Chemiesaal einen passenden Platz suchten. Und das bedeutete: ziemlich weit hinten.

„Coole Idee!", meinte Amal, die alles gehört hatte und sich zu uns umdrehte. „Im Bürgerpark um halb vier?"

„Abgemacht, ich sag John Bescheid." Das kam von Jo. Schon hatte sie ihr Handy hervorgezogen und tippte unter der Bank möglichst unauffällig darauf herum.

An unserer Schule herrschte während der Unterrichtszeit striktes Handy-Verbot. Natürlich hielten sich die meisten nicht daran, aber wenn man erwischt wurde, gab es gehörigen Ärger und im schlimmsten Fall sogar einen Eintrag in die Schulakte.

„Gute Idee!", grinste ich und fummelte nach dem Handy in meiner Hosentasche. Doch der mahnende Blick unseres Chemielehrers verriet, dass ich es lieber stecken lassen sollte. Himmel, war man denn noch nicht einmal in der letzten Reihe sicher? So träumte ich dann den restlichen Schultag vor mich hin, dachte an Tim!!!!!!!!!!!!! und wie viel Spaß wir gestern noch gemeinsam am See gehabt hatten. Zwar herrschte kein richtiges Badewetter mehr, aber zum Federballspielen reichte es allemal. Weil er gewonnen hatte, hatte ich mich getraut und ihm einen Kuss auf die Wange gehaucht. Nach dem Fahrradaufschließen hatte er mir ganz lange in die Augen gesehen und …
„Alicia!"
Herr Walther stand vor mir und hatte mir offensichtlich eine Frage gestellt. Wie gesagt, nicht einmal in der letzten Reihe konnte man in Ruhe vor sich hin träumen.
„Was ist eine chemische Reaktion?", wiederholte Herr Walther.
„Ausgangstoffe verändern sich … es werden neue Bindungen geknüpft …", flüsterte mir Felix vor.
„Äh … eine chemische Reaktion ist … äh, wenn sich alle verändern und neue Beziehungen eingehen", stammelte ich.
Die gesamte Klasse grölte vor Lachen, ich lief rot an und Herr Walther schüttelte den Kopf. „Na, dann weiß ich ja, was ihr bis nächste Woche wiederholt", meinte er und machte sich Notizen in sein Büchlein.
„Na super", stöhnte ich, als wir uns nach der letzten Stunde auf den Heimweg machten, „jetzt hat er mich

auf dem Kieker! Welche Farbe sollte der Chemie-Hefter noch mal haben?"

Bibi zuckte ratlos mit den Schultern. Offensichtlich hatte sie vom Unterricht auch nicht viel mehr mitbekommen als ich, weil sie die ganze Zeit über damit beschäftigt gewesen war, zu Daniel hinüberzustarren, der nach wie vor tat, als gäbe es keine Bibi in seinem Leben.

„Hey, Alicia, welche Beziehung hast du denn zu Herrn Walther?", lästerte Jo, als sie mit dem Fahrrad an uns vorbeifuhr. „Mach dir nichts draus! Wir sehen uns später, Kussi!"

„Muss ja ein Supertyp sein, dein Freund", meinte Amal anerkennend, als wir gemeinsam auf den Bus warteten. „So kenn ich dich ja gar nicht …"

„Ein blindes Huhn findet schließlich auch mal ein Korn", meinte Bibi nicht gerade freundschaftlich.

„Sagt meine Oma auch immer", grinste Amal.

Ich streckte den beiden die Zunge raus, konnte Bibi aber nicht ernsthaft böse sein. Schließlich bemühte sie sich seit Jahren um mich, gab mir Tipps für mein Outfit, empfahl mir Tests, die meine Persönlichkeit stärken sollten, und war durch und durch eine verlässliche Freundin, trotz der vielen Zecken auf meiner Bahnhofswiese. Wenn sie nicht so wie gerade jetzt wegen Daniel schmollte.

„Du musst es ja wissen mit deinem Mister Spielplatz", gab ich zurück. „Kann ich wenigstens bei dir den neuen Stundenplan abschreiben?"

„Kein Plan", kicherte Amal. „Da musst du Jo fragen, ich habe vorhin nichts mitgeschnitten …"

In diesem Moment hielt der Bus vor unserer Nase und wir Glücklichen stürmten zu dem letzten freien Sitzplatz, doch Lynn war schneller.
Wie gesagt: Vor ihr war ich nirgends mehr sicher.
„Besetzt!" Sie grinste mich breit an.

Das von Bibi organisierte Pärchen-Picknick im Bürgerpark wurde ein völliger Reinfall. Das lag nicht am Regen, der aufzog und für eine ungemütliche Stimmung sorgte. Nicht an Jo, die knutschend in Johns Armen hing und uns nicht die Bohne beachtete. Es hatte auch nichts mit den angebrannten Apfeltörtchen zu tun, die Bibi im Korb dabeihatte und für die sie sich tausendmal entschuldigte. Es lag nicht an den quengelnden Geschwistern von Amal und dass sich ihr Skateboard-Typ überhaupt nicht blicken ließ. Auch nicht, dass Tim fehlte, der sein Handy komplett zu ignorieren schien, zumindest hatte er kein einziges Mal auf meine unzähligen Messages reagiert, obwohl ich ihn auf allen Kanälen von WhatsApp bis Skype angefunkt hatte.
Nein, es lag vielmehr an Daniels bedrückter Stimmung, die uns alle ansteckte. Er war in großer Sorge wegen Carlo, der seit heute Morgen Durchfall hatte. Direkt nach der Schule war er bereits bei seiner Tierärztin gewesen, doch die hatte Carlo nur auf Schonkost gesetzt und ansonsten nicht weiter Alarm geschlagen.
„Dabei geht's ihm gar nicht gut!", jammerte er und ich fragte mich, wer der beiden denn nun krank war. Bibi rollte die Augen. Sie war genervt, das war ihr deutlich

anzumerken. Dabei hatte Daniel ihr zuliebe seine Verabredung eingehalten und seinen kranken Hund alleine zu Hause gelassen, das wollte schon was heißen.

„Aber das ist doch auch normal, oder?", versuchte ich, ihn zu trösten „Wenn du Durchfall hast, liegst du auch lieber im Bett …"

„… bei Zwieback und Cola", neckte Bibi, aber Daniel war nicht nach Scherzen zumute.

„Bei Hunden ist das etwas anderes. Die können ganz schnell dehydrieren", antwortete er. Er machte sich wirklich ernsthaft Sorgen.

„Männer!", seufzte Bibi und strich die Picknickdecke glatt.

„Deine Tierärztin weiß bestimmt, was sie tut", machte ich einen weiteren Versuch. „Und wenn es nicht besser wird, gehst du eben noch einmal hin."

Daniel nickte. „Es ist nur … in ein paar Wochen soll er zum ersten Mal Hochzeit feiern. Und wenn er da nicht fit ist …" Er wurde rot und die anderen taten, als hätten sie das nicht gehört, dabei wusste jeder, dass Daniel davon träumte, ein erfolgreicher Hundezüchter zu werden.

Ich lächelte ihm aufmunternd zu. „Wird schon, Carlo lässt dich ganz bestimmt nicht im Stich!"

„Dein Wort in Gottes Ohr." Daniel lächelte mich an, das war ein gutes Zeichen. Dennoch kannte er für den restlichen Nachmittag kein anderes Thema, als über Durchfall bei Hunden zu referieren. Weil Tim nach wie vor nicht auftauchte und ich keine Lust hatte, mit Bibi und Amal schlecht gelaunt Apfeltörtchen in mich hineinzustopfen, hörte ich ihm interessiert zu und irgendwann hatte ich

Daniel so weit, dass er wieder lachen konnte. Als ich ihm schließlich vorschlug, es doch einmal mit Oma Lisas Wundermedizin zu versuchen, sagte er noch nicht einmal Nein.

Grünes Signal für den alten Bahnhof

Er galt jahrelang als Hauptverkehrsknotenpunkt auf der Strecke Frankfurt–Würzburg, überstand während des Ersten und Zweiten Weltkrieges unzählige Bombenangriffe und drohte zu verfallen, weil sich niemand für das alte klassizistische Gebäude verantwortlich fühlte. Jetzt hat ein Geschäftsmann aus Dubai das Gelände von der Bahn erworben.
Wie die TAGESPOST aus gut unterrichteten Kreisen erfahren hat, hat die Bahn eine beträchtliche Summe für das Anwesen am Stadtrand erhalten. „Pläne und Konzept haben uns überzeugt, wir sind sicher, der alte Bahnhof wird zu neuer Pracht erblühen", sagte ein Sprecher der Bahn.

Geplant sei ein großzügiges Hotel mit Flair, wobei der ursprüngliche Charme des Gebäudes nach dem Umbau erhalten bleiben sollte.

„Für die Stadt ein Gewinn!", lautet eine begeisterte Stellungnahme aus dem Rathaus. „Dieses Hotel bietet Ruhe und Erholung, ist der optimale Ausgangspunkt für Stadtbesichtigungen, aber auch für Wanderungen in den benachbarten Odenwald — wir haben eine Touristenattraktion mehr!"

Tagespost, 12. April 1960

Großer Bahnhof

Am Abend herrschte große Aufregung beim Essen, alle redeten durcheinander und ich verstand nur: BAHNHOF. Kein Wunder bei den vielen Menschen, die um den Esstisch zusammengerückt waren, denn Lydia, Daniel und Opa Georg gehörten jetzt ja auch dazu.

„Stellt euch vor, die vom Fernsehen wollen eine Reportage über unser Hostel drehen!", rief Rosa begeistert in die Runde und erntete ein beifälliges Lächeln von Lydia. Sie hatte gerötete Wangen und entgegen ihrer sonstigen mütterlichen Gewohnheiten noch nicht einmal unsere neuen Stundenpläne abgefragt. Dabei hatte sich Yaris lautstark über seine Musiklehrerin aufgeregt, die in der vierten Klasse „total bekackt-bescheuerte Kinderlieder" mit ihnen sänge. Ausnahmsweise hatte sie kein Ohr für ihren Jüngsten, sondern sprudelte vor neuen Ideen, wie sich der Bahnhof dem Fernsehteam vorteilhaft präsentieren könnte.

„Bob der Baumeister lässt grüßen", lästerte Lynn. „Was wollen die denn filmen? Hier ist doch noch längst nicht alles fertig!" Sie fuchtelte mit ihrem Suppenlöffel herum. Auch wenn's mir schwerfiel: Ich musste ihr zustimmen. Leider hatten sich die ehrgeizigen Umbaupläne unserer Eltern, aus dem alten Bahnhof ein modernes Jugendhostel zu machen, immer wieder verzögert. Zwar hatte es eine große Eröffnungsfeier gegeben und die modernisierten Gästezimmer fanden großen Anklang bei den zumeist jugendlichen Gästen aus aller Welt. Doch Silke, Roselottes Schwägerin und ausgerechnet Tims und Toms Mutter, hatte immer wieder mit Anwälten und Denkmalschutzbehörde gedroht. Obwohl alles rechtlich geregelt war, forderte sie hartnäckig ihren Anteil am Erbe ihres verstorbenen Exmannes, Roselottes Bruder. Und immer wenn wir dachten, jetzt gäbe sie auf, ließ sie sich eine neue Gemeinheit einfallen. Manchmal fragte ich mich, warum Tim bei solch einer Mutter so süüüüß sein konnte.

Außerdem war das Haus unserer Nachbarn letztens in einer heftigen Gewitternacht infolge eines Blitzeinschlages bis auf die Grundmauern abgebrannt und das bedeutete im Klartext: Lydia, Opa Georg und Daniel hatten bis auf Weiteres kein Dach über dem Kopf und waren bei uns in Gästezimmern untergeschlüpft. Lydia war das sichtlich unangenehm, sie wollte niemandem zur Last fallen und tat ihr Bestes, um sich erkenntlich zu zeigen. Roselotte hatte mit ihrer gewinnenden und verständnisvollen Art ihr Vertrauen gewonnen und so kam es, dass die beiden Frauen Pläne schmiedeten, wie man in Zukunft das Bahnhofsgelände gemeinsam erfolgreich bewirtschaften könnte. Deswegen waren kurzfristig die ursprünglichen Baupläne geändert worden. Mit Lydias Einverständnis sollte jetzt der Gästetrakt um zehn Zimmer erweitert, die Gebäude miteinander verbunden und ein gemeinsamer Innenhof rund um den Walnussbaum gestaltet werden. Opa Georg stand der Sache zwar nach wie vor skeptisch gegenüber, was der alte Grantler bei jeder sich bietenden Gelegenheit gerne kundtat. Doch Oma Lisa hatte es in ihrer unnachahmlichen Art geschafft, ihn davon zu überzeugen, dass dies für uns alle die beste Lösung war. Was nämlich niemand außer mir und den beiden wusste: Sie waren ein heimliches Liebespaar und Opa Georg war niemand anderes als der Vater von – meinem Papa und ich seine Enkelin.

„Na, also bitte, das hier kann sich doch alles sehen lassen!" Papa machte eine ausladende Geste und Philipp nickte zustimmend. „Die Räume sind hell und freundlich, die Gäste zufrieden ... was willst du mehr?" Er blickte Lynn stirnrunzelnd an, bevor er sich eine weitere Schöpfkelle Lauchsuppe auftat. Widerworte war er von ihr nicht gewohnt, sonst tat sie immer mit Begeisterung das, worum er sie bat, sei es Zaun streichen, Tapete abpulen oder kiloweise Paprika für die Suppe kleinschnippeln.

„Ja, aber die Baustelle nebenan … da ist der Shitstorm doch vorprogrammiert", sprang ich ihr zur Seite. Noch hatte kein Bagger die verbrannten Balken abtransportiert, ständig wehte leichter Brandgeruch zu uns herüber und unser Bahnhofsgelände wirkte wieder wie in früheren Zeiten: baufällig und sanierungsbedürftig. Ich sah die Einträge im Gästebuch unserer Hostel-Website schon vor mir: *Willkommen im Schutt! / Brandheißer Tipp! / Charmant abgebrannt.*

„Erstens geht es dort weiter, sobald die Versicherung ihr Okay gibt, und das wird ab morgen der Fall sein", meinte Rosa. „Und zweitens ist das genau das, was wir wollen: Flexibilität, Offenheit, Entwicklung und Modernität zeigen." Sie sah zufrieden aus, wie sie das sagte, bevor sie hinzufügte: „Das bedeutet aber auch, dass hier demnächst außer den Bauarbeitern auch ein Kamerateam umherschwirrt, das sich für jedes Geheimnis interessiert." Sie schenkte mir einen vielsagenden Blick, während sie ihren Teller zurückschob.

„Keine Ahnung, was du meinst!", antwortete ich, ohne eine Miene zu verziehen, dabei wusste ich genau, worauf sie anspielte. Meine Mutter hatte mir nämlich nicht nur eine Kiste Wolle vererbt, aus der ich mir einen Poncho strickte, der hoffentlich bis zum Winter fertig sein würde. Mama hatte mir zudem ihre Tagebücher hinterlassen, die wir erst zufällig durch die Renovierungsarbeiten entdeckt

hatten. Dummerweise hatte meine Mutter an die Aushändigung jeweils besondere Bedingungen geknüpft: Das erste hatte ich an meinem dreizehnten Geburtstag erhalten, das zweite nachdem ich Tim zum ersten Mal geküsst hatte. Längst wartete ich auf ein Zeichen, unter welchen Umständen ich denn nun das nächste bekommen würde. Insgeheim hatte ich schon Wetten mit mir abgeschlossen, was sie sich diesmal hatte einfallen lassen: eine Eins in Mathe, der Megaauftritt mit der Schulband beim Rockkonzert, die Zustimmung, dass Papa Lynn adoptierte ... Ich hoffte nicht, dass ich erst vierzehn werden musste, bevor ich weiterlesen durfte!
Angeblich war ihr Vater – mein OPA! – ein gefährlicher Drogenboss, und um mein Leben nicht unnötig in Gefahr zu bringen, hatte Mama unsere Familie verlassen, als ich noch ganz klein war. Manchmal träumte ich von ihr und stellte mir vor, wie sie mit ihren langen blonden Haaren plötzlich vor mir stand und mich in ihre Arme zog. Ich bin mit einem alleinerziehenden Vater, der seinerzeit als Tourismusmanager um die Welt reiste, und der nicht gerade gefühlsbetonten Oma Lisa groß geworden, ich wusste nicht, wie sich das anfühlte: Mutterliebe. Erst seit Roselotte bei uns im alten Bahnhof wohnte, hatte ich eine Ahnung davon, und wenn ich ehrlich bin: Es fühlte sich nicht schlecht an, umsorgt und beachtet zu werden.
„Du musst es ja wissen, Mama!" Jetzt sprang mir Lynn zur Seite. Ich schaute sie überrascht an. Worauf wollte sie hinaus?

„Wenn du die Sache mit Roberts Erbe meinst: Das ist eine glasklare Angelegenheit, die nur deine Tante Silke nicht verstehen möchte." Rosa lächelte breit, bevor sie fortfuhr zu erklären: „Robert und Silke waren bereits zwei Jahre geschieden und alle, aber wirklich alle Angelegenheiten geregelt, als er endlich mit seiner Erfindung die Lizenz zum Gelddrucken erreichte … Sie hat überhaupt kein Recht dazu, jetzt Forderungen zu stellen."

„Aber das Leben vermiesen tut sie uns trotzdem mit ihren ewigen Stänkereien", warf Lynn ein. „Die armen Zwillinge, wie halten die das nur mit ihr aus!"

„Kann ja keiner was für seine Mutter, oder?" Ich schenkte ihr einen provozierenden Blick. Sie sollte bloß Tim aus dem Spiel lassen!

„Klar, nimm nur deinen Liebling in Schutz!"

„Liebling? Habe ich da was nicht mitbekommen?" Rosa blickte amüsiert zwischen Lynn und mir hin und her, während Papa vielsagend grinste. Oma Lisa, die die ganze Zeit über stillschweigend vor sich hin gelöffelt hatte, war merklich zusammengezuckt. Auch Philipp sah mich erwartungsvoll an. Er hatte sich die ganze Zeit über aus der Diskussion herausgehalten. Das tat er immer, wenn Lynn und Roselotte sich in den Haaren lagen, und ich wusste nicht, ob ich das weise oder feige fand.

Zum Glück klingelte in diesem Moment Papas Handy. Sofort fühlte ich mich an früher erinnert. Da war auch nie eine Mahlzeit vergangen, ohne dass er auf seinem Gerät wischte oder las oder telefonierte.

„König", meldete er sich mit seiner freundlichsten Stimme und da war mir klar, dass sich am anderen Ende eine weibliche Person befinden musste. Roselotte offensichtlich auch, denn mit angesäuerter Miene stand sie auf und begann, geräuschvoll den Tisch abzuräumen.
Wir taten ihr nicht den Gefallen zu helfen, wir waren viel zu neugierig, was Papa zu sagen hatte. Gebannt lauschten sechzehn Ohren seinem Gespräch.
„Ja ... genau ... in der Tat. Nächste Woche schon? ... Wunderbar!" Lächelnd legte er auf.
„Und?", fragten wir wie aus einem Mund.
„Das war Kerstin Neuer, sie ist die verantwortliche Redakteurin der Sendung." Er schenkte uns einen vielsagenden Blick.
„Und das heißt?", bohrte ich nach.
„Dass sie sich für alles interessiert, was mit uns zu tun hat, und ich sie mit Informationen und Geschichten rund um den Bahnhof versorgen muss." Papa lächelte „Das ist unsere Chance! Ich sehe schon die Schlagzeilen vor mir! Die Gäste werden uns die Bude einrennen." Vergnügt rieb er sich die Hände.
Lynn, Philipp und ich sahen uns überrascht an. Lynn, weil sie endlich ins Fernsehen kam, Philipp, weil er lieber seine Ruhe gehabt hätte. Und ich, weil ich nicht glauben mochte, dass sich Papa ausgerechnet mit einer *Kerstin* verabredet hatte.
„Und wo willst du all diese Gäste dann unterbringen? In Zelten auf der Wiese? Oder willst du ihnen Daniels Lok anbieten?" Oma Lisa, die als Erste ihre Sprache

wiedergefunden hatte, wirkte ernst. So kannte ich sie gar nicht, bisher war sie mit all den Umbau- und Neuerungsplänen mehr als einverstanden gewesen. Aber diese groß angelegte Reportage schien ihr aus irgendwelchen Gründen nicht zu passen, und dass hier ein Kamerateam auf dem Gelände filmen sollte, erst recht nicht.

„Was? Meine Lok gebe ich nicht her!" Daniel guckte Papa fest in die Augen. „Und für Interviews stehe ich auch nicht zur Verfügung."

„Daniel, bitte!" Das kam von Lydia, die bisher schweigend dabeigesessen hatte. „Das betrifft auch unsere Zukunft. Je mehr Menschen von unserem Hostel wissen …"

„Also, wenn ihr mich fragt, ich habe keine Lust darauf, dass hier fremde Menschen herumschnüffeln. Oder, Alicia?" Daniel schaute mich erwartungsvoll an.

Ich schwieg. Ich fand es großartig, dass es weitergehen und mein EIGENES Zimmer endlich fertig werden sollte. Aber an die vielen Menschen, die hier neuerdings den Hof bevölkerten, konnte ich mich nicht gewöhnen – und das lag nicht allein an meiner neuen Großfamilie. Die Gäste, die Oma Lisa früher hier auf dem Hof bewirtete, waren Menschen, die eine günstige Übernachtungsmöglichkeit suchten und meistens am nächsten Tag wieder verschwunden waren. Jetzt kamen und gingen unzählige Studenten aus aller Welt, die das originell-charmante Ambiente genossen und gerne mal bis weit nach Mitternacht draußen um die Feuerschale saßen und Musik machten. Auch kam es vor, dass sich einer von

ihnen auf der Suche nach einem gemütlichen Plätzchen auf die Kirschbaumwiese verirrte oder unseren Lokschuppen entdeckte. Aber seit Yaris hier das Anwesen unsicher machte und Philipp einen geheimen Hintereingang entdeckt hatte, dessen Tür sich nicht verschließen ließ, war dieser Ort sowieso nicht mehr sicher. Früher, als Daniel und ich hier noch in nachbarschaftlicher Zweisamkeit unsere Nachmittage verbrachten – er wie immer auf der Flucht vor seiner überbehütenden Mutter, ich, um Oma Lisa nicht helfen zu müssen –, hatten wir hier noch unsere Ruhe gehabt. Aber jetzt? Eigentlich konnte es nur gut für mich sein, wenn noch mehr Wirbel entstand. Desto größer war die Wahrscheinlichkeit, dass es nicht auffiel, wenn ich mich verkrümelte und nicht dabei war. Ich müsste nur eine neue, geeignete Möglichkeit für einen Geheimort finden.
Daniel starrte mürrisch vor sich hin, wahrscheinlich ahnte er meine Antwort. Es tat mir leid, ihm widersprechen zu müssen, aber in jüngster Zeit gingen unsere Ansichten immer öfter auseinander.
„Ich habe nichts dagegen", antwortete ich und ahnte nicht, dass ich meine Worte eines Tages bereuen würde, „ich finde es gut, wenn unser Bahnhof ins Fernsehen kommt. Und vielleicht wird Lynn ja bei der Gelegenheit endlich entdeckt." Mit letzterer Bemerkung wollte ich sie eigentlich ärgern, aber Lynn sprang voll drauf an.
„Stimmt, das ist die Chance! Dass ich da nicht gleich dran gedacht habe!" Begeistert sprang sie auf. „Joris findet auch, ich hätte Potenzial und meine Entwürfe …"

„Wer ist denn Joris?" Philipp verzog amüsiert sein Gesicht und zwinkerte mir zu. Ich mochte es, wenn er seine jüngere Schwester auf die Schippe nahm.

„Der Neue in unserer Klasse." Lynn lächelte versonnen. „Er jobbt nebenbei als Model und hat mir vorhin einige Tipps gegeben."

„Macht doch alle, was ihr wollt!" Daniel sprang so abrupt auf, dass sein Stuhl beinahe umkippte. „Ich bin draußen."

„Was hat er denn?", fragte Opa Georg. „Der gute Junge ist doch sonst nicht so."

„Die Pubertät, Schorsch, die Pubertät." Oma Lisa legte ihm ihre Hand beschwichtigend auf den Arm.

„Wenn's das nur wäre", seufzte Lydia und stand ebenfalls auf, um ihrem Sohn hinterherzulaufen, mit dem wir sie kurz darauf lautstark diskutieren hörten.

„Was will denn diese Frau Neuer alles wissen?", hakte Lynn beflissen nach und strich sich eine blonde Strähne hinters Ohr. „Vielleicht können wir dir helfen …" Sie klimperte meinen Vater erwartungsvoll an.

„Ich helfe dir selbstverständlich auch." Rosa war wieder zu uns an den Tisch gekommen und legte meinem Vater versöhnlich die Hand auf die Schulter. Offensichtlich hatte sie sich wieder beruhigt. „Ich werde sämtliche Unterlagen zusammenstellen. Außerdem sollten wir gemeinsam überlegen, für welche Orte wir eine Drehgenehmigung erteilen und für welche nicht. Ich könnte mir vorstellen, dass unsere Privaträume tabu sind und wir Daniels Lok außen vor lassen. Was ist mit deinem Lokschuppen, Alicia?"

Ich zuckte gleichgültig mit den Schultern. „Von mir aus können die da rein. Das ist doch das, was die Leute sehen wollen: eine alte Untersuchungsgrube, die Schmiede …"
„Ganz bestimmt interessiert sich Frau Neuer für die Kellerwohnung", meinte Papa.
„Wir haben nichts zu verbergen." Oma Lisa zuckte mit den Schultern. Die Geschichte des kolumbianischen Drogenbosses, der sich seinerzeit hier auf dem Gelände versteckt gehalten hatte und der niemand anderes sein sollte als mein Opa, hatte sie jahrelang kultiviert, inklusive einer alten Pistole, die die Gäste ehrfurchtsvoll gegen Extrabezahlung in den Händen halten konnten.
„Außer unserer Dauerbaustelle", ulkte Philipp mit noch tieferer Stimme als sonst. „Wann sollen denn die Dreharbeiten sein?"
„Wissen wir noch nicht. Aber nächste Woche kommt sie zu einem Vorgespräch, dann wissen wir mehr." Papa drückte seiner Rosa einen herzhaften Kuss auf die Wange.
In diesem Moment klingelte es draußen an der Tür Sturm. Mein Herz machte einen Hüpfer, ich wusste sofort, wer es war, machte aber keine Anstalten aufzustehen. Betont lässig zog ich mein Smartphone hervor und wischte darauf herum.
„Erwartest du noch jemanden?" Rosa guckte Lynn an.
„Nein, wieso ich? Du, Philipp?"
„Ich sowieso nicht …" Er machte eine abfällige Bewegung. Frustriert hatte er vorhin erzählt, dass sein erster Schultag völlig blöd gelaufen war. Seine alten

Klassenkameraden hatten kaum mit ihm gesprochen und außer seinen Skateboard-Kumpels kannte er niemanden mehr auf der Schule. Durch sein Austauschjahr war er eine Klasse zurückgetreten, was die Sache für ihn auch nicht leichter machte, ich hörte ihn abfällig über die „Babys" lästern.

„Es ist für Alicia", krähte Yaris, der geöffnet hatte. „Einer von den Zwillingen."

Ich tat so, als würde ich die vielsagenden Blicke der anderen nicht bemerken, während ich langsam aufstand, um möglichst cool zur Tür zu gehen. Innerlich jedoch blubberte und tanzte alles in mir durcheinander. Tim hatte mir vorhin noch eine kurze WhatsApp-Nachricht geschickt, dass er Fußballtraining gehabt hatte und deshalb nicht zum Picknick kommen konnte und wie leid ihm das täte. Zunächst war ich ganz schön enttäuscht gewesen, ich hatte mich so sehr darauf gefreut, mit ihm gemeinsam auf der Decke zu chillen oder Federball zu spielen. Als dann aber die anderen Jungs auch nicht aufgetaucht waren und Daniel alle mit seiner schlechten Laune angesteckt hatte, war ich froh, dass Tim nicht gekommen war, er hatte nichts verpasst. Außer dem ersten Pärchenstreit zwischen Daniel und Bibi, die partout nicht verstehen wollte, dass Daniel sich solch große Sorgen um Carlo machte, dass er noch nicht einmal ihre Apfelküchlein probieren mochte.

„Tut mir leid, aber ich habe es nicht eher geschafft." Tim stand mit verschwitzten Haaren vor mir und lächelte so lieb, dass ich ihm prompt alles verzieh. Seine grünen

Augen funkelten mich vergnügt an und mein Bauch füllte sich mit bizzeligem Brausepulver.

„Hi." Verlegen grinsten wir uns zu, ich wusste nicht, was ich sagen sollte, so aufgeregt fühlte ich mich. Tim war gekommen, alleine. Den ganzen weiten Weg durch die Stadt war er geradelt, nur um mich zu treffen. Ohne weiter nachzudenken, griff ich nach seiner Hand, sie fühlte sich warm und schwitzig an. Wir liefen ein Stück Richtung Kirschbaum, um unbeobachtet von den anderen zu sein. Jede Wette hing Lynn neugierig am Fenster. Sie hatte natürlich längst mitbekommen, dass ich einen von Silkes Söhnen geküsst hatte, sich aber bisher jede lästerliche Bemerkung verkniffen, und das wollte ich ihr auch geraten haben.

Schweigend liefen Tim und ich nebeneinander, immer noch mit ineinander verklebten Händen. Fieberhaft durchforstete ich meine Hirnzellen nach passenden Stichworten und wartete auf ein Zeichen von ihm. Doch es geschah – nichts. Außer, dass ich Tim zum Abschied ein Küsschen auf die Wange hauchte und er mir auch. Und das war so viel, dass ich daraufhin die halbe Nacht nicht schlafen konnte.

Neueröffnung

Sehr geehrter Herr Bürgermeister,
verehrte Gäste, meine liebe Frau,
es ist mir eine Ehre, Sie alle am heutigen Sonntag zur feierlichen Eröffnung unseres neuen, alten Bahnhofhotels begrüßen zu dürfen!
Wie Sie alle in den letzten Wochen der Presse entnehmen konnten, ist es mir nach unzähligen Verhandlungen gelungen, dieses wunderschöne Hotel von Mister Iabud zu übernehmen, dem ich an dieser Stelle von Herzen dafür danken möchte, dass er seinerzeit das Anwesen vor dem Verfall gerettet und von Grund auf saniert hat.
Ich mache kein Hehl daraus: Ich habe mich sofort in den alten Bahnhof verliebt! Es war schon immer mein Traum, ein eigenes Hotel zu führen.
Der Himmel schickte mir einen Engel in

Gestalt dieser hübschen jungen Frau, mit der ich nun gemeinsam hier in Zukunft viele Gäste begrüßen werde. Nun, was soll ich sagen: Sehen Sie selbst! Ich bin der glücklichste Mann der Welt!
Seien Sie versichert, Lisa und ich werden gemeinsam alles tun, um unser Hotel noch attraktiver zu machen. Wir wollen es um ein Restaurant im Lokschuppen ergänzen, die Pläne hierfür liegen bereits vor.
Nun, es gibt einiges zu tun! Aber jetzt wollen wir erst einmal feiern!
Auf die Zukunft!

Rede anlässlich der Hoteleröffnung,
Sommer 1965, von Günther König

Einsatz verpasst

"Und, wann trefft ihr euch wieder?", wollte Bibi am nächsten Morgen wissen, als wir vor unserem Klassenraum herumlungerten und ich ihr von Tims Besuch vorschwärmte. Natürlich übertrieb ich und schwindelte ihr vor, dass wir uns eine Stunde lang geküsst und darüber die Zeit vergessen hätten. In Wirklichkeit war es ja nur ein klitzekleiner Kuss gewesen.

„Weiß noch nicht", erwiderte ich. „Tim hat viermal in der Woche Fußballtraining. Aber wir skypen regelmäßig", fügte ich schnell hinzu, als ich Bibis mitleidigen Blick bemerkte.

„Wie aufregend, dann weißt du ja, wo du in Zukunft dein Wochenende verbringst", meinte sie.

„Hä?"

„Na ja, diese Kickspechte haben doch ständig Spiele. Da kannst du dann mit dem Fanschal am Spielfeldrand stehen und ihm zujubeln", feixte sie. „Wo bleiben denn die anderen?" Ich tat so, als hätte ich ihre letzte Bemerkung überhört. Suchend schaute ich mich um. Gleich klingelte es zur ersten Stunde und wir waren bisher die Einzigen im Flur. Leider hatte ich heute Morgen auf dem Weg vom Bus den Anschluss an Daniel verpasst, weil ich so sehr in Tims Nachricht auf meinem Handy vertieft war. Er hatte nämlich Smileys und Herzchen geschickt und ich ihm zurück.

„Lenk nicht ab! Ist es nicht wahnsinnig aufregend, mit einem echten Fußballspieler zusammen zu sein?" Bibi schaute mich erwartungsvoll an.

„Wahnsinnig!" Ich verzog mein Gesicht.

„Zeig mal den Stundenplan", meinte Bibi.

„Hab keinen." Schulterzuckend guckte ich sie an.

„Ich dachte, du hast mitgeschrieben …"

Bibi kramte in ihrer Tasche und zog schließlich nach langem Suchen einen zerknitterten Zettel hervor. Darauf waren ein großes D gemalt – und lauter Herzchen. Zerknirscht schaute sie mich an. „Und jetzt?"

„Na, super!" Ich stupste sie in die Seite und ließ mich rücklings an der Wand auf den Boden gleiten. „Dann haben wir jetzt eine Freistunde gewonnen."

„Das fängt ja gut an!", meinte sie und rutschte neben mich. „Ich bin froh, dass ich das letzte Schuljahr geradeso geschafft habe! Wenn meine Mutter herausbekommt, dass ich die erste Stunde geschwänzt habe, gibt das fetten Ärger."

„Sie muss es ja nicht wissen", versuchte ich, sie zu trösten. „Wir sagen einfach, dass du mir geholfen hast, weil mir ... äh ..." Verzweifelt suchte ich nach einer passenden Ausrede.

„... übel war", vollendete Bibi meinen Satz.

„Das glaubt kein Mensch, jeder weiß, dass ich nie krank bin!"

„Kann jedem passieren, denk an den guten Carlo." Bibi kicherte. Der arme Hovawart-Rüde war immer noch nicht wiederhergestellt und auf Schonkost gesetzt, wie ich von Daniel wusste, der eine schlaflose Nacht hinter sich hatte, weil er mit seinem Hund ständig vor die Tür gehen musste.

„Dann aber nix wie weg hier, bevor uns noch jemand entdeckt." Eilig sprangen wir auf und rafften unsere Sachen zusammen, um uns möglichst unauffällig vom Schulgelände zu schleichen.

„Wollen wir einen Latte macchiato trinken?", fragte Bibi, als wir auf dem Weg in die Innenstadt waren. „Der coole Klamottenladen öffnet leider erst um zehn Uhr."

„Von mir aus." Wenn man wie ich einen Freund hatte und küsste, gehörte es wohl dazu, mit dreizehn Kaffee zu trinken.

Im Kubickis ließ sich Bibi dann mit einem theatralischen Seufzer auf dem Stuhl nieder, und nachdem sie für uns bestellt hatte – ich hoffte, sie hatte ausreichend Geld dabei, der Laden wirkte teuer –, griff sie über den Tisch nach meiner Hand.

„Ich habe ein Problem, Alicia, über das ich dringend mit dir reden muss. Du bist meine beste Freundin", begann sie umständlich und sah mir ernst in die Augen. „Was würdest du denn an meiner Stelle tun?"

„Was tun?" Ich schaute sie fragend an.

„Na ja, wegen Daniel."

„Daniel?"

„War ja klar, dass du ihn in Schutz nimmst." Bibi wirkte beleidigt.

„Hä? Ich verstehe nicht ..."

„Mensch, Alicia, findest du nicht, dass Daniel sich endlich entscheiden muss? So geht das doch nicht weiter! Entweder Carlo oder ich." Sie guckte mich Beifall heischend an, während sie sich durch ihre langen blonden Haare schnickte. „Du hast es gut, Tim hat wenigstens klar definierte Trainingszeiten, ansonsten könnt ihr euch jederzeit treffen. Aber Daniel! Der denkt immer nur an Carlo, Carlo, Carlo."

Nachdenklich löffelte ich den Milchschaum aus meiner Tasse, die die freundliche Kellnerin mittlerweile gebracht hatte. Ich kapierte immer noch nicht, was Bibi von mir wollte. War das jetzt eins dieser typischen Freundinnengespräche, bei denen man sich gegenseitig das Herz ausschüttete und in Mitleid versank? Ich wusste, wenn ich Bibi jetzt nicht in ihrer Meinung bestätigen würde, wäre sie sauer und würde den restlichen Tag nicht mehr mit mir reden. Aber ich hatte an Daniels Verhalten nichts auszusetzen, war doch logisch, dass er sich um Carlo Sorgen machte. Bevor ich dazu kam, Bibi zum tausendsten Male zu erklären, was Carlo für Daniel bedeutete, betrat mein Vater sichtlich gut gelaunt das Café. Unwillkürlich ging ich in Deckung und bedeutete Bibi, es mir nachzutun. Glücklicherweise saßen wir in der hinteren Ecke, durch eine große Zimmerpalme verdeckt.

„Was will der denn hier?", wisperte Bibi.

„Keine Ahnung", erwiderte ich, aber da beobachteten wir bereits, wie Papa schnurstracks auf eine attraktive Blondine zusteuerte, die am Fenster saß.

„Ach, du Scheiße", rutschte es mir heraus. „Das glaub ich nicht."

„Wer ist das denn?", bohrte Bibi. „Etwa diese Silke?"

Ich schüttelte den Kopf. „Nein. Ich fürchte…" Ich atmete tief durch. „Ich fürchte, es ist eine Kerstin."

„Hä?" Jetzt war es an Bibi, verständnislos zu tun. Sie konnte ja nicht wissen, dass mein Vater früher, bevor er ausgerechnet meine MATHE-Lehrerin Roselotte Froboese küsste, diverse Damenbekanntschaften hatte und Kerstins, Sabines oder Monikas meist nur für eine Nacht blieben.

Ich winkte ab. „Das ist eine lange Geschichte. Machen wir, dass wir hier rauskommen, ohne dass er uns bemerkt."

„Und wie?"

„Du guckst keine Krimis, oder?" Ich schaute sie provozierend an. „Durch den Hinterausgang natürlich, wie sonst."

Fix kramten wir unsere letzten Münzen zusammen und ließen sie auf den Tisch klimpern, bevor wir Richtung

Damentoilette das Weite suchten. Glücklicherweise schloss an den Zwischenflur direkt der Ausgang zum Außengelände an. Kurz darauf standen wir atemlos vier Häuserblöcke weiter.
„Du bist mir eine Erklärung schuldig, Alicia König." Bibi schnaufte tief durch. „Und einen Latte."
„Hab kein Geld mehr ..." Aber das war meine geringste Sorge. Ich atmete durch, immer noch geschockt von dem, was ich gerade eben beobachten musste. Mein Vater traf sich heimlich mit einer anderen Frau! Nicht mehr lang und unser neues Hostel wäre Geschichte. Da fiel es mir wie Schuppen von den Augen.
„Logisch, ich Hirni! Das war garantiert die Redakteurin vom Fernsehen, mit der er gestern telefoniert hat! Aber wollte er die nicht erst nächste Woche treffen?!" Schnell berichtete ich Bibi von der bevorstehenden Reportage.
„Echt jetzt? Boah, hast du es gut, du kommst ins Fernsehen!" Sie machte eine theatralische Geste. „Wann denn? Darf ich bei den Dreharbeiten zugucken?"
„Klar", antwortete ich gönnerhaft. „Das wird bestimmt eine tolle Sache."
Woraufhin mich Bibi glücklich umarmte und mit sich zog. „Komm, dann brauchen wir etwas Cooles zum Anziehen."
Müßig zu erwähnen, dass ich den restlichen Vormittag in einer abgedunkelten Boutique vor schwarzen Umkleidekabinen verbrachte, während Bibi zu Discomusik ein trendy Teil nach dem nächsten anprobierte. Zielstrebig

hatte sie sich im Laden die knappsten Röcke und teuersten Shirts ausgesucht und ich erkannte sie kaum wieder, wie sie da in den unterschiedlichsten STYLES vor mir stand. „Sei doch kein Spielverderber", meinte sie. „Mach auch mit! So eine Gelegenheit bekommst du so schnell nicht wieder! So leer war es hier noch nie, wer hat schon vormittags Zeit zum Shoppen?" Glücklich stand sie in einem neonpinken Etuikleid vor mir und drehte sich im Spiegel, während ich gelangweilt die Ladeneinrichtung inspizierte. Alles wilde Fummel, allesamt hundsteuer. Ich fragte mich, ob Bibi recht hatte und ich vielleicht doch nicht richtig entwickelt war, weil ich mich dafür einfach nicht begeistern konnte …

Als ich pünktlich nach der Schule nach Hause kam, herrschte auf dem Hof helle Aufregung. Ausnahmsweise gab es nur belegte Brötchen zum Mittagessen, weil Oma Lisa den Vormittag im Reisebüro verbracht und Roselotte keine Zeit zum Kochen gehabt hatte. Statt in der Küche zu stehen, hatte sie einen Plan ausgearbeitet, was alles noch vor den Dreharbeiten zu erledigen war. Jetzt stand sie im Wohnzimmer und verteilte an jeden von uns der Reihe nach Aufgaben.
„Ich wünschte, ich hätte auch G8", krähte Yaris, der den Hof fegen sollte. „Dann hätte ich wie Alicia, Lynn und Philipp auch nachmittags Unterricht und wäre nicht hier."
„Kannst du haben!", konterte seine Mutter trocken. „Streng dich an, dann bist du ab dem nächsten Schuljahr

auch auf dem Gymnasium. Und wenn es dich beruhigt, sobald die drei ihre Schularbeiten erledigt haben, müssen sie sich hier auch einbringen. Lynn soll mal ihre Zeichensachen liegen lassen und gemeinsam mit Atina die Wäscheliste durchgehen und die Schränke aufräumen. Und Philipp wird zusammen mit Leonard dafür sorgen, dass all die herumliegenden Balken, Mauerreste und Farbeimer verschwinden. Apropos – wo steckt der überhaupt?"
Unwillkürlich zuckte ich zusammen. Normalerweise war Papa immer der Erste am Mittagstisch, weil er sich vom Organisieren und Gästeabfertigen „hungrig geschafft" hatte, wie er selbst immer behauptete. Aber heute fehlte jede Spur von ihm, er hatte offensichtlich noch nicht einmal eine Nachricht hinterlassen. Ich befürchtete das Schlimmste, auch wenn es nur die Redakteurin war.
„Leonard trifft sich mit seinem ehemaligen Chef wegen Neugeschäften", erklärte Oma Lisa rasch und ich fragte mich, woher sie denn das schon wieder wissen wollte. Oder ahnte sie etwas von Papas geheimem Rendezvous und sprang ihrem Sohn mit einer Notlüge zur Seite? Bei meiner Oma wusste man nie!
„Und was soll ich tun?", fragte Lydia, um vom Thema abzulenken. Ihr war die Situation unangenehm, das war ihr deutlich anzumerken. Schließlich war sie seit Jahren unsere Nachbarin und als solche im Bilde über Papas außerhäusliche Aktivitäten.
„Danke, dass du fragst." Roselotte schenkte ihr ein weiches Lächeln.

„Bei uns müssen erst die Bagger ran, bevor überhaupt etwas weitergeht", warf Daniel mürrisch ein.
„Aber die Beete kann ich schon mal anlegen. Und Feldsalat aussäen. Daraus lässt sich zwar keine Suppe machen, aber besser als nichts", fügte Lydia vorsichtig hinzu. Erwartungsvoll blickte sie in die Runde.
„Natürlich!" Rosa strahlte. „Das ist genau das, was wir vermitteln möchten: Zukunft gestalten, Grünes planen ..."
Grüne Zukunft? Machten wir jetzt einen auf Bio-Bauernhof mit Ökostrom? Hatte ich da etwas nicht mitbekommen?
„Jetzt mach nicht so ein Gesicht, Alicia", lachte Roselotte mich aus. „Lydia hat DIE geniale Geschäftsidee. Rück schon raus mit der Sprache!" Sie blickte ihre neue Freundin aufmunternd an.
Lydia räusperte sich viermal, bevor sie begann. So erfuhr ich, dass auf der Wiese hinter dem Lokschuppen, die an das Nachbargrundstück angrenzte, eine beträchtliche Fläche zum Kräuter- und Gemüseanbau angelegt werden sollte. Für den eigenen Gebrauch und zum Verkauf in einem kleinen Hoflädchen. Lydia träumte auch von einem Internetversand mit Produkten aus der Bio-Küche wie Marmelade oder spezielle Gewürzmischungen.
„Zarte Kohlrabi für meine Suppe! Bündelweise Möhren vom Acker! Frische Kresse, Petersilie und Pimpinelle zum Würzen! Das wird der Renner", schwärmte Roselotte. „Also los, worauf wartest du? Daniel kann dir sicher beim Umgraben helfen."
„Daniel kann gar nichts", fauchte mein Kumpel und zum wiederholten Male fragte ich mich, was eigentlich in ihn

gefahren war. An Carlos Gesundheitszustand konnte es nicht liegen. Der war nämlich mittlerweile wieder auf dem Weg der Besserung und kackte immerhin halbfest.
„Ich mach mich doch hier nicht zum Depp vom Dienst und die kassieren die Kohle!" Empört funkelte er seine Mutter an. „Merkst du denn nicht, was die vorhaben? Mit so ein paar Kohlrabi verdienst du doch nichts, Bio hin oder her."
„Also bitte ...", kam es von Roselotte und ich zog unwillkürlich den Kopf ein.
„Um Geld geht es nicht", antwortete Lydia betont ruhig. Innerlich brodelte sie, das war ihr deutlich anzumerken. Sie atmete tief aus, bevor sie hinzufügte: „Wir haben eine Perspektive! Das ist die Gelegenheit, endlich aus den alten, verkrusteten Gewohnheiten auszubrechen. Das hast du doch selbst neulich erst gefordert, ich verstehe nicht, was du plötzlich dagegen einzuwenden hast?" Sie musterte ihren Sohn nachdenklich von oben bis unten.
Ich seufzte. Obwohl wir uns alle schon so lange kannten, war es mir unangenehm, bei dieser Auseinandersetzung dabei zu sein. Ich verstand Daniel nämlich auch nicht. All die Jahre hatte er mir das Ohr vollgejammert, dass seine Mutter nur einen Lebensinhalt kannte, nämlich ihn, und er keine Freiheiten hätte. Und jetzt, da sie sich endlich öffnete und eigene Zukunftspläne schmiedete, war ihm das plötzlich auch nicht recht.
„Schon okay, ich habe verstanden." Mit einem vernichtenden Blick in die Runde drehte er sich auf dem Absatz um und verschwand.

„Die Pubertät, die Pubertät", murmelte Oma Lisa vor sich hin. Roselotte und Lydia guckten sich genervt an.
„Dann hilft dir eben Alicia, keine Sorge, wir kriegen das schon hin", meinte Roselotte.
„Ohne mich! Ich grabe doch nicht nach Regenwürmern!" Ich schüttelte mich. Lieber würde ich noch mal in zehn Zimmern Tapeten von den Wänden pulen oder eimerweise Schutt von der Baustelle tragen, anstatt einen Spaten anzufassen.
Jetzt war es an Roselotte, die sich beherrschen musste. Offensichtlich schien ihr gerade noch rechtzeitig einzufallen, dass sie ja nicht meine Erziehungsberechtigte war. Ihr Glück, denn sonst hätte ich sie daran erinnern müssen.
In diesem Moment kam Papa ins Wohnzimmer gerauscht und erzählte begeistert, dass morgen eine Gruppe japanischer Studenten anreisen würde, woraufhin alle sofort begeistert über Suppen mit und ohne Tofu diskutierten und ich alsbald die Gelegenheit nutzte, um zu verschwinden.

Notiz am Rande

Hiermit schenke ich, Günther König, im Vollbesitz meiner geistigen Kräfte die Hälfte des Bahnhofgeländes meiner Schwester Olivia, Mutter der kleinen Lydia und verheiratet mit Georg Peterlic, damit sie ihr Leben lang gut versorgt ist.

Hotel zum Bahnhof, 1. August 1967

Busfahrt ins Unglück

"Spinnst du, einfach Schule zu schwänzen", machte mich Daniel an, als wir kurz darauf gemeinsam eine Hunderunde liefen. Aus alter Gewohnheit – und weil wir weder Lust hatten, zu helfen noch Zeuge zu sein, wie sich unsere Eltern stritten. Denn nach Papas gut gelauntem Auftritt hatte plötzlich ein Wort das andere gegeben. Oma Lisa meckerte mit Georg, der bezichtigte seine Tochter, dass sie nicht streng genug mit Daniel wäre, und Roselotte wiederum lieferte sich mit Papa ein heftiges Wortgefecht, bei dem es ausschließlich um Zahlen ging.

Wenn sie inzwischen etwas von einer Kerstin ahnte, so ließ sie sich das jedoch nicht anmerken.

„Ich habe nicht einfach die Schule geschwänzt", versuchte ich, mich zu verteidigen. „Ich hatte keinen Stundenplan. Ehrlich, ich habe überall gesucht! Bibi und ich standen über eine Viertelstunde vorm Klassenraum, da war niemand."

„Du spinnst, Alicia König!" Daniel musterte mich von oben bis unten. Dann kicherte er sein typisches Daniel-Lachen. „Das ist die coolste Ausrede, die ich jemals gehört habe!"

„Das ist keine Ausrede, das ist die Wahrheit!", versuchte ich, mich zu verteidigen, wusste aber genau, wie blöd sich das anhörte. Wenn Daniel wüsste, dass ich vor lauter Tim-Geträume verpennt hatte, mir gestern in der Schule meinen Stundenplan aufzuschreiben, und Bibi außer Daniel-Ds auch nichts zustande gebracht hatte, hätte er mich für komplett plemplem erklärt.

„Was ist eigentlich mit dir los? Ich dachte, du wärest mit den gemeinsamen Umbauplänen einverstanden", versuchte ich, ihn vom Thema abzulenken, bevor er noch auf die Idee kam, mich nach meinem FREUND auszuquetschen, von dem ich außer lauter Herzchen auf meinem Handy-Display heute noch nichts gesehen und gehört hatte.

„Logisch. Aber doch nicht so!" Daniel pfiff nach Carlo, der immer noch schlapp wirkte, jedoch interessiert einer Hundedame hinterherschnüffelte. Ein gutes Zeichen.

„Verstehe ich nicht! Es läuft doch alles wie besprochen … und deine Mutter ist wie ausgewechselt, ist dir das nicht aufgefallen?" Ich schüttelte den Kopf.

„Natürlich ist mir das aufgefallen, ich bin doch nicht blöd."
Daniel kickte einen Stein aus dem Weg. „Aber sie lässt sich von Roselotte völlig über den Tisch ziehen, merkst du das nicht? Egal, was sie vorschlägt, meine Mutter sagt zu allem Ja und Amen. Euer Dachausbau soll ein wenig ausladender auf unser Grundstück ragen – kein Problem, handelt sich ja nur um drei Meter. Die Einfahrt auf Kosten unseres Zaunes verbreitern – logisch. Eine zusätzliche Fahrradhütte – wunderbar. Ich frage mich: Wo bleiben wir?"

„Du vergisst den Küchengarten, der ist bei uns ...", wagte ich einzuwenden.

„Der ist überhaupt die Krönung!" Daniel verzog sein Gesicht. „Meine Mutter schafft sich den Rücken buckelig, nur damit ihr Bio-Bio-Suppe anbieten könnt und euch goldene Löffel damit verdient. Nee, nicht mit mir! Blöderweise bin ich noch nicht volljährig und habe nichts zu sagen und Opa Georg ist nach seinem Sturz vom Kirschbaum ja nicht mehr zurechnungsfähig! Leider bin ich nicht da, um das Schlimmste zu verhindern, wenn nächste Woche die Bagger loslegen." Er schlug nach einem Ast.

„Wie, du bist nicht da? Wo bist du denn?", fragte ich zaghaft. Solche wütenden Wutausbrüche und langen Schimpftiraden war ich von Daniel nicht gewohnt.

Da fing er lauthals an zu lachen, wie gesagt, seine Stimmung schwankte aktuell von einem Extrem zum anderen. „Schon vergessen? Wir sind auf Klassenfahrt in der Eifel!"

„Nee, oder?" Ich schlug mir mit der flachen Hand vor die Stirn, dass ich Sternchen sah. Natürlich stand dieser

Termin schon lange fest, vor den großen Ferien hatten wir sogar noch die Zimmeraufteilung besprochen und unsere Packliste bekommen. Vor lauter Tim und Kuss-Muss hatte ich das komplett vergessen. Das wäre mir früher nicht passiert, dachte ich und nahm mir vor, mir in Zukunft von den Brausebläschen nicht mehr mein Gehirn zerschießen zu lassen.

Bis vor Kurzem hätte ich mich darüber gefreut, meiner neuen Großfamilie für ein paar Tage den Rücken zuzukehren. Aber da wusste ich noch nicht, dass sich Papa seit Neuestem wieder mit Kerstins traf und dass hier ein Fernsehteam auftauchen und alles kopfstehen würde, allen voran Lynn, die sich in den Mittelpunkt drängte. Garantiert würde sie die Gelegenheit nutzen und sich aufspielen, als wäre sie die Hausherrin persönlich, und MEIN Zimmer umdekorieren. Und Tim würde ich auch nicht sehen können.

„Ist ja nur für eine Woche!", tröstete mich Daniel, der offensichtlich meine Gedanken lesen konnte. „Frag mich mal."

„Wieso, Bibi fährt doch mit?!"

„Bibi!", schnaubte er verächtlich. Um keine weiteren Fragen beantworten zu müssen, kraulte er Carlo ausgiebig das Fell. Da verstand ich. Daniel musste seinen geliebten Hund zu Hause lassen, die Aussicht, Tag und Nacht mit seiner Freundin Bibi zusammen zu sein, war da überhaupt kein Trost.

„Mach dir keine Sorgen. Bis dahin ist Carlo längst wieder gesund!", versuchte ich, ihn aufzumuntern. „Und auf deine Mutter kannst du dich verlassen."

„Logisch. Sie füllt ihm dreimal täglich den Fressnapf voll und wundert sich, wenn er davon krank wird. Du kennst sie doch!" Er seufzte tief und warf einen Stock, dem Carlo halbherzig hinterherjagte. „Yaris wird sich um ihn kümmern. Er hat es mir fest versprochen."

„Yaris? Ausgerechnet …", murmelte ich. Aber wahrscheinlich hatte Daniel recht. Der kleine Kerl war von uns allen am besten mit Carlo vertraut und würde alles dafür tun, damit es seinem vierbeinigen Freund gut ginge.

Ein paar Tage später standen wir frühmorgens mit unseren gepackten Koffern am Bus und froren im Nieselregen vor uns hin, weil wir noch nicht einsteigen durften. Super Aussichten für eine Klassenfahrt, dachte ich, das Wetter war schon mal nicht auf meiner Seite. Während Bibis Mutter besorgt auf ihre Tochter einredete, die mit stoischer Miene ihre Ermahnungen über sich ergehen ließ, checkte ich möglichst unauffällig mein Handy. Papa hatte mich mit einem „Viel Spaß, Alitschia!" quasi aus dem Familienvan geschmissen, er war auf dem Weg, um „dringende" Besorgungen zu erledigen. Ich wollte lieber nicht wissen, welche. Seit ein paar Tagen verhielt er sich mehr als auffällig und war ständig unterwegs.

Ich hoffte, dass Tim mir wenigstens heute Morgen noch eine WhatsApp schicken würde. Wir hatten uns zuletzt am Samstagnachmittag gesehen, genauer gesagt, war ich zu seinem Fußballspiel geradelt, um ihn vom Spielfeldrand aus anzufeuern. Hinterher hatte er kaum Zeit für mich, weil seine Mannschaft in der Kabine mit Chips und Cola ihren Sieg feierte. Mich haben sie nicht dazu eingeladen, obwohl ich nach Leibeskräften gejohlt und gepfiffen und angefeuert hatte.

„Tut mir leid", hatte Tim gesagt und mich dabei weder geküsst noch am Ärmel berührt, sondern nach seinen Kumpeln geschielt, „das geht jetzt nicht." Dann war er mit seinen Stollenschuhen davongeklackert. Da war es mir zum ersten Mal aufgefallen:

Immer wenn wir miteinander sprachen, erzählte er ausschließlich von seinen Trainingserfolgen, ständig ging es bei ihm nur um Dribblings, exakte Pässe oder gezielte Torschüsse. Versuchte ich, das Thema zu wechseln und von meiner neuen, überaus netten Klassenlehrerin zu erzählen, fiel ihm sofort ein, dass sein neuer Fußballtrainer auch ganz toll war. Berichtete ich von den neusten Umbauplänen bei mir zu Hause, kam er mit sündhaft teurem Kunstrasen, der demnächst bei ihm im Verein ausgelegt werden sollte. Und sagte ich, dass mein großes Hobby meine Gitarre wäre, antwortete er, dass er sich das überhaupt nicht vorstellen könne, Musik zu machen, er würde lieber – Fußball spielen. An jenem Tag hatte ich mich ernsthaft gefragt, ob ich mich wirklich in Tim verliebt hatte und nicht in einen weißen, ledernen Ball mit schwarzen Flecken drauf. Und ob ich mich bei der Mädchenmannschaft anmelden sollte, damit ich mitreden konnte. Eine innere Stimme hatte mir davon abgeraten.

Jetzt stand ich im Regen und wartete auf eine Nachricht von ihm, wie blöd war das denn?

„Hey, was machst du denn für ein Gesicht", begrüßte mich Jo. „Wir machen Ferien, schon vergessen?"

„Ferien, pah!" Ich verzog mein Gesicht. „Wir mussten unsere Englisch- und Geschichtsbücher einpacken, auch vergessen?"

In diesem Moment öffnete der Busfahrer zischend die Türen und alle drängelten hinein.

„Egal." Jo zuckte mit den Schultern und erklomm die Stufen. „Hauptsache keine Schule!"

Na super, dachte ich und sicherte mir einen Platz am Fenster. Bibi hatte sich mittlerweile aus der Umklammerung ihrer Mutter gelöst und rutschte neben mir auf den Platz.

„Heulst du etwa?" Besorgt musterte ich sie von der Seite, während meine Freundin eifrig in ihrer Tasche herumwühlte. Ihre langen blonden Haare fielen wie ein Vorhang vor ihr Gesicht.

„Quatsch", antwortete sie und zog die Nase hoch. Sie blieb so lange in ihrer Tasche versunken, bis der Bus den Parkplatz verlassen hatte. Ich winkte an ihrer Stelle Frau Wenzel zum Abschied.

„Was ist denn los?", fragte ich nach einer Weile. Da war Bibi immer noch am Schniefen und wir mittlerweile seit einer halben Stunde auf der Autobahn. „Seit wann hast du solche Sehnsucht nach deiner Mutter?"

„Quatsch!", wiederholte sie und blickte mich aus rot verquollenen Augen an. „Es …" Sie schniefte abermals. „Es ist wegen … DANIEL! Ich hasse ihn!", brach es aus ihr heraus und jetzt hing sie in meinen Armen und flennte, was die Tränen hergaben.

Von hinten reichte Jo ein Taschentuch über den Sitz, Amal flüsterte ein „Scheißkerl!" und ich verstand die Welt nicht mehr. Monatelang war meine beste Freundin um meinen Freund geschlichen, hatte in diversen Tests mühsam herausgefunden, welcher Kusstyp sie war, um schließlich die gesamten Sommerferien mit ihm knutschend am See zu verbringen. Und jetzt saß sie völlig gefaltet da und weinte sich die Augen aus dem Kopf.
„Aber wieso? Ich verstehe nicht ..."
Zur Antwort bekam Bibi einen erneuten Heulkrampf.
„Er hat Schluss gemacht", soufflierte Amal hilfreich, die hinter uns saß und aus weiblicher Solidarität mitflennte, weil sie vor der Abreise ihren süßen Skatertyp nicht mehr getroffen hatte.
„Wie, Schluss gemacht? Einfach so?" Das mochte ich nicht glauben. Daniel war doch verliebt in Bibi. Dachte ich.
„Stell dir vor, einfach so. Er hat mir keine Begründung geliefert." Das kam jetzt von Bibi, die sich mittlerweile wieder eingekriegt hatte und kräftig in das Taschentuch schnäuzte.
Unwillkürlich drehte ich mich um und hielt nach Daniel Ausschau. Der saß gut gelaunt in der hintersten Reihe und ulkte mit Felix. Als er meinen fragenden Blick bemerkte, zuckte er nur mit den Schultern.
„Warum?", formten meine Lippen. Doch ich bekam keine Antwort, weil Daniel sich mit seinen Kumpeln kichernd über ein Heftchen beugte.
So verbrachte ich die Busfahrt nachdenklich und mit einer schluchzenden Bibi im Arm. Irgendetwas an diesem

Freund-und-Freundin-Sein hatte ich noch nicht verstanden, das spürte ich genau. Ich wusste nur nicht, was.

„Es ist wegen Carlo", erklärte mir Jo, als wir kurz nach unserer Ankunft unsere Zimmer bezogen und ich sie fragte, ob sie eine Ahnung hätte, was mit den beiden los sei. Bibi hatte sich zum Pudern in den Waschraum verzogen.

„Er ist Daniel wichtiger als eine Beziehung", fügte sie hinzu, als ich sie fragend anschaute.

„Weiß doch jeder, was ihm Carlo bedeutet", antwortete ich verständnislos. „Das hat doch nichts mit Bibi zu tun!"

„Vielleicht solltest du Daniel trösten, wenn du ihn so gut verstehst." Bibi stand plötzlich im Türrahmen und hatte meine letzten Worte gehört, wir hatten sie gar nicht bemerkt. Sie funkelte mich böse an. „Du warst ja schon die ganze Zeit über eifersüchtig, weil ich ihn dir weggenommen habe."

„Hey, Moment mal …" Ich kapierte nicht. „Ich habe einen Freund, schon vergessen?"

„Erzähl mir nichts!", blaffte Bibi. „Du tust doch nur so." Ich duckte ich mich weg. WOW! Ihre Bemerkung traf mich wie eine Ohrfeige. Schließlich enthielt sie einen großen Funken Wahrheit, denn ich war mit Tim nur zusammengekommen, weil ich jemanden küssen musste, um Mamas nächstes Tagebuch lesen zu dürfen. Dass er für wohlige Brausepulverexplosionen in meinem Bauch sorgte, war eine sehr angenehme Begleiterscheinung, von der Bibi nichts wusste. Ganz einfach deshalb, weil ich im Gegensatz zu ihr nicht ständig darüber sprach.

„Du spinnst", sprang mir Jo zur Seite. „Alicia hat doch nichts mit Daniel!"
„ACH JA? Und wie oft hat er wegen ihr unsere Dates abgesagt? Sneak Preview, Inliner fahren, Kletterpark – dazu hatte er nie Zeit, weil er ihr bei den Renovierungsarbeiten oder Mathehausaufgaben helfen musste", schnaubte Bibi.
„Moment mal, da verwechselst du etwas", wagte ich einzuwenden, aber Bibi redete sich jetzt so richtig in Fahrt. Unwillkürlich zuckte ich zusammen. Offensichtlich hatte mein Kumpel uns alle ganz schön an der Nase herumgeführt.
„Egal ob Äpfel pflücken oder Rasen mähen, Daniel lässt für dich alles stehen und liegen, wusstest du das nicht? Ob du Suppe kochen helfen musst, Betten machen oder die Spülmaschine mit dem Frühstücksgeschirr eurer Gäste einräumen, egal, Daniel hilft dir immer. Daniel ..."
„Jetzt mach aber mal einen Punkt!", rief ich. „Ich kann mich nicht erinnern, Daniel in den zwei letzten Wochen bei uns auf dem Hof gesehen zu haben. Im Gegenteil, wenn wir wirklich seine HILFE brauchten, war er nicht zu erreichen. Wir dachten, er wäre mit dir unterwegs."
Bibi hielt in ihrer Schimpftirade inne. Man konnte sprichwörtlich zugucken, wie ihre Hirnleitungen glühten, so angestrengt dachte sie nach. Abermals schossen ihr Tränen in die Augen, als sie endlich kapierte. „Du meinst ... So ein Idiot! Er hat mich die ganze Zeit über belogen. Das halte ich nicht aus."

Ich atmete tief durch. Dass sich Daniel in jüngster Zeit verändert hatte, war nicht zu übersehen. Er wirkte unausgeschlafen und nervös, bei jeder Kleinigkeit fuhr er auf. Ich hatte das auf unser hohes Lernpensum und auf die grundlegenden Veränderungen zu Hause geschoben, nicht umsonst war er vor uns allen in die Lok geflüchtet. Und dann hatte er ja noch seine große Verantwortung für Carlo, mit dem er jeden Tag über zwei Stunden spazieren ging. Aber ich hatte gedacht, dass ihm Bibi etwas bedeuten würde, so, wie er sich ihr gegenüber die ganze Zeit am Baggersee verhalten hatte. Dass er so abweisend auf sie reagierte und zu allem Übel auch noch diverse Ausreden erfand, nur um sich nicht mit ihr treffen zu müssen, schockierte mich ehrlich gesagt sehr.

„Ich werde ihn fragen." Entschlossen stand ich auf und streichelte Bibi behutsam die Schulter. „Vielleicht kann ich etwas für dich tun."

„Echt? Du willst mit ihm reden? Alicia, du bist eine echte Freundin." Ohne Vorwarnung hing Bibi überschwänglich an mir und drückte ihr tränennasses Gesicht an meine Schulter. Ich konnte nur hoffen, dass ihr lila Lidschatten keine Spuren auf meinem Shirt hinterließ. Im Gegensatz zu ihr reiste ich nur mit kleinem Gepäck.

„Tut mir leid, was ich über dich und Tim gesagt habe", murmelte sie. „Ich weiß, das war blöd, aber …"

„Schon gut", wiegelte ich ab und dann machte ich, dass ich in den Gemeinschaftsraum kam, wo ich Daniel vermutete. Doch dort hingen nur die Nerds aus meiner Klasse über einem Gesellschaftsspiel und hatten keine

Ahnung, wo Daniel steckte. Also suchte ich ihn draußen und richtig, er saß auf dem kleinen Mäuerchen hinterm Haus. Alleine.

„Und, alles okay?", fragte ich und setzte mich neben ihn.

„Mmh."

Ich wartete eine Weile, ich kannte Daniel gut genug, um zu wissen, dass er Zeit brauchte, bis er von sich aus anfing zu erzählen. Als er nach einer Viertelstunde immer noch kein Wort über die Lippen brachte, stupste ich ihn in die Seite.

„Jetzt rück schon raus mit der Sprache, was ist los mit dir und Bibi? Warum habt ihr Streit?"

„Sie hat Carlo beleidigt", kam es wie aus der Pistole geschossen und spätestens in diesem Moment war alles klar.

„Das dachte ich mir schon." Wie gesagt, wir kannten uns schon lange. „So schlimm, dass du nicht mehr mit ihr reden möchtest?"

„Ja." Die Antwort war knapp und präzise und da wusste ich, dass zwischen den beiden nichts mehr zu retten war.

„Und warum hast du mich als Alibi benutzt, um dich nicht mit ihr treffen zu müssen?", hakte ich nach.

Daniel seufzte tief, rückte ein Stück näher an mich heran und seine Stimme klang ehrlich, als er mir antwortete.

„Bibi ist eine Klette! Sie versteht kein Nein! Die wirst du nicht los, wenn du einfach mal gerne alleine sein möchtest, für dich. Ohne Reden. Nur mit Carlo. So etwas versteht sie nicht! Und bevor sie ein Drama daraus machen konnte, dachte ich, mit solchen Ausreden sei es leichter. Scheinbar habe ich mich getäuscht…" Er seufzte abermals.

Ich nickte und dachte eine Weile nach, bevor ich ihm noch eine Frage stellte.

„Kann es sein, dass für Jungs manchmal das Hobby wichtiger ist als die Freundin?"

Da huschte Daniel ein breites Lächeln übers Gesicht.

Liebste Lisa

Liebste Lisa,
wir müssen vorsichtig sein! Als ich gestern Abend von unserem gemeinsamen Spaziergang nach Hause kam, hat mich Olivia so komisch angesehen. Ich glaube, sie ahnt etwas! Um euer Hotel und das Wohl unserer Kinder nicht zu gefährden, ist es besser, wenn wir uns nicht mehr sehen.
In Liebe, dein Georg

Georg,
deine Olivia hat sie nicht mehr alle,
das wissen wir längst! Aber wenn du
mich ihretwegen nicht mehr treffen
möchtest, bitte sehr! Du hast die
Wahl: sie oder ich. Dann erfährst du
auch nicht von dem Geheimnis,
das ich unter meinem Herzen trage.
Deine Lisa

Liebste,
das ist die schönste Nachricht meines Lebens.
Für immer, dein Georg

Lieber Georg,
ich ertrage es nicht länger, ohne dich
zu sein. Gib deinem Herzen endlich
einen Ruck. Wir können hier weg,
woanders ein neues Leben aufbauen,
ohne Hotelgäste und all die Plackerei
von morgens bis abends, nur du und
ich und der Kleine.
Deine Lisa

Liebe Lisa,
versteh doch! Ich kann ihr nicht die Wahrheit über uns sagen, das würde sie umbringen, ich kann sie nicht verlassen. Quäle mich nicht, ich leide jeden Tag, wenn ich zu euch hinüberblicke und dich mit ihm spielen sehe. Dein Mann sorgt gut für dich, er hat es nicht verdient, dass du ihn hintergehst. Und welch eine glückliche Fügung des Schicksals, dass er Olivia das Haus geschenkt hat! Lass mich in deiner Nähe sein und ziehe den Zaun zwischen uns nicht höher, als er sein muss.
Dein Georg

Komm um Mitternacht zum Kirschbaum!
L

Ich kann nicht! Georg

Du Schuft, du alter Schwerenöter, du hast mich betrogen! Ich will dich nie wiedersehen!

Briefwechsel zwischen Lisa König und Georg Peterlic, 1965—1970

Fußball im Kopf

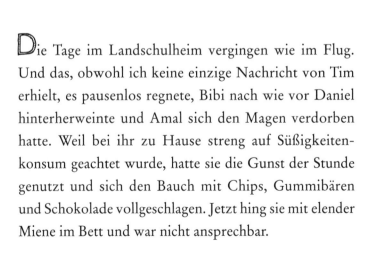

Die Tage im Landschulheim vergingen wie im Flug. Und das, obwohl ich keine einzige Nachricht von Tim erhielt, es pausenlos regnete, Bibi nach wie vor Daniel hinterherweinte und Amal sich den Magen verdorben hatte. Weil bei ihr zu Hause streng auf Süßigkeitenkonsum geachtet wurde, hatte sie die Gunst der Stunde genutzt und sich den Bauch mit Chips, Gummibären und Schokolade vollgeschlagen. Jetzt hing sie mit elender Miene im Bett und war nicht ansprechbar.

Ich dagegen fühlte mich blendend! Nachdem ich einen Tag und eine Nacht vergeblich auf mein Handy gestarrt hatte, ohne dass es einen Posteingang vermeldet hätte, hatte ich es irgendwann aufgegeben, das Ding wie in alten Zeiten ignoriert und mich stattdessen der dem Landheim eigenen Gitarre gewidmet. Schuld daran war unsere Klassenlehrerin, die für den Bunten Abend ein abwechslungsreiches Programm haben wollte, weshalb Jo auf die glorreiche Idee kam, unser Zimmer könnte doch Popsongs à la *The Voice* performen. Weil ich seit Jahren spielte und insgeheim ein persönliches Liederbuch hatte, konnte ich die meisten angesagten Songs auswendig. Fühlte ich mich anfangs noch etwas unsicher, weil ich sonst immer nur für mich alleine spielte und nie vor Publikum, fand ich zunehmend Spaß und Gefallen daran, mit den anderen gemeinsam zu üben.

Für unseren AUFTRITT legte sich Bibi trotz ihrer Trauermiene ins Zeug. Sie schminkte und stylte selbst die bleiche Amal zum Glamourgirl, sodass wir vier unter Applaus und Zugaberufen eine Nummer nach der nächsten zum Besten gaben.

Wie ausgewechselt wirkte auch Daniel. Zwar telefonierte er regelmäßig mit Yaris, um zu hören, wie es Carlo ging. Dennoch alberte er mit den Jungs herum. Offensichtlich schien er erleichtert, dass die Sache mit Bibi geklärt war.

Als wir fünf Tage später aus dem Bus sprangen, traute ich meinen Augen kaum: Nicht etwa Papa, sondern Yaris und Philipp waren gekommen, um uns abzuholen. Ersterer natürlich mit Carlo, der ein Freudentänzchen

der Extraklasse hinlegte und begeistert abwechselnd an Daniel und mir hochsprang, Bibi ignorierte er vollkommen. Seine freudigen Jauler waren über den gesamten Schulhof zu hören und spätestens jetzt wäre die Gelegenheit für Bibi gewesen, sich bei Daniel für ihr dämliches Verhalten zu entschuldigen. Aber sie kehrte ihm demonstrativ den Rücken zu und ließ stattdessen die Begrüßungsküsse ihrer Mutter über sich ergehen.
Yaris strahlte über beide Wangen, er war sichtlich stolz darauf, dass er so gut auf Carlo aufgepasst hatte.
„Wir treffen deinen Vater in der Stadt am Parkhaus, er hatte noch etwas zu erledigen", meinte Philipp, der bisher stillschweigend dabeigestanden hatte. „Schön, dass du wieder da bist", fügte er lächelnd hinzu und stupste mir sanft gegen die Schulter, bevor er nach meiner Tasche griff und wir uns in Bewegung setzen.
„Was gibt's Neues?", fragte ich, während ich neben ihm herlief. „Haben die Dreharbeiten schon angefangen? Und wurde Lynn schon als Model entdeckt?"
„Ach was, längst nicht", winkte Philipp lässig ab. „Unsere Eltern streiten sich gerade über die Drehorte. Aus irgendwelchen Gründen wünscht dein Vater jetzt doch nicht, dass sie im Keller filmen. Hast du eine Ahnung, warum?" Er schaute mich fragend an.
Ich atmete tief durch. Eigentlich war diese „Mafia-Wohnung", wie es in den Insider-Reiseführern hieß, das Aushängeschild unseres Hostels. Oma Lisa hatte jahrelang die Legende vom Drogenboss kultiviert und Papa hatte bisher nie etwas dagegen einzuwenden gehabt.

„Nein." Ich schüttelte den Kopf. Mamas Tagebücher hatte er ja sichergestellt und bewahrte sie in einem Koffer auf. Sollte er etwa NOCH ein Geheimnis haben?
„Dann mach dich auf was gefasst, die Stimmung ist nicht gerade gut", meinte Philipp.
„Soll ich besser gleich in den Lokschuppen ziehen?", versuchte ich es mit einem Scherz. Ich mochte nicht glauben, dass sich Papa und Roselotte in den Haaren lagen. Die ganze Zeit über waren sie mir mit ihrem peinlichen Geturtel auf den Zeiger gegangen, wenn sie sich vor unser aller Augen küssten oder sich kichernd im Badezimmer einschlossen. Dass sie jetzt, kurz vorm Ziel ihrer Träume, miteinander stritten, musste einen ernsthaften Grund haben. Ich befürchtete das Schlimmste.
„Weißt du, was mein Vater Dringendes zu erledigen hatte?", fragte ich ahnungsvoll.
„Irgendein wichtiges Gespräch … schau, da ist er schon!" Philipp deutete zum Kassenautomaten, wo mich mein Vater dann zur Begrüßung gut gelaunt in die Arme zog. Er trug ein neues Aftershave, das roch ich sofort, Carlo schnüffelte ebenfalls interessiert an ihm herum.
„Hallo, Alitschia!", rief er und drückte mich so fest an sich, dass mir beinahe die Luft wegblieb. „Du kommst genau richtig! Uns stehen tolle Tage bevor!" Gut gelaunt griff er nach meinem Gepäck und bedeutete uns, ihm in die Tiefgarage zu folgen.
Zu Hause fiel die Begrüßung nicht ganz so fröhlich aus. Roselotte wirkte müde, im Gegensatz zu sonst trug sie auch keins ihrer bunten Tücher. Dennoch empfing sie

mich mit einer herzlichen Umarmung. „Schön, dass du gesund zurück bist, Alicia! Du hast hier gefehlt." Sie machte eine ausladende Geste, bevor sie halb ernst, halb scherzend hinzufügte: „Höchste Zeit, dass du hier wieder mitwirkst. Lynn denkt bereits, ihr gehört das Haus alleine!"

„Das dachte ich mir schon", murmelte ich. „Solange mein Bett noch an seinem Platz steht ..."

Im Wohnzimmer saß Oma Lisa griesgrämig in der Ecke und starrte vor sich hin. Als ich ihr zur Begrüßung einen Kuss auf die Wange drückte, reagierte sie mit einer mürrischen Kopfbewegung. Na super, so hatte ich mir das Nachhausekommen in meiner Großfamilie nicht vorgestellt!

„Sag bloß, du willst Urlaub machen", fragte ich sie und deutete auf den Stapel Kataloge mit Seniorenreisen, der vor ihr lag.

Zur Antwort erntete ich einen tiefen Seufzer. „Ich muss raus hier aus dem Irrenhaus!", rief sie mit einer theatralischen Geste. „Diese Fernsehgeschichte macht mich noch ganz narrisch!"

„Kann ich verstehen!" Ich legte ihr tröstend die Hand auf die Schulter. „Papa hat mir ausführlich davon berichtet." Genauer gesagt hatte er uns die gesamte Rückfahrt über zugetextet, wie medienwirksam unser Bahnhof präsentiert würde, den Drehplan hätte er schon fertig ausgearbeitet im Kopf. Kein Wunder, er hätte ja auch diese tolle Internetplattform und für seine jugendlichen Gäste diese grandiosen QR-Codes an den Wänden geschaffen. In einer Tour schwärmte er von den wunderschönen geschmackvollen Räumen, dem ausgiebigen

Frühstücksbüfett und den leckeren Suppen. Kein Wort davon, dass Roselotte an all diesen Neuerungen maßgeblich beteiligt gewesen war, geschweige denn, dass ihr geerbtes Vermögen ihm jenen Erfolg versprechenden Neustart überhaupt erst ermöglichte.

„Wohin soll denn die Reise gehen?", fragte ich und deutete auf die Kataloge, um vom Thema abzulenken.

Abermals entfuhr meiner Oma ein tiefer Seufzer. „Ich will an die Nordsee! Nach Helgoland. Aber Georg ... er wird seekrank, behauptet er, dabei war er noch nie auf einem Schiff."

„Dann fahrt ihr eben nur an die Küste", schlug ich vor.

„Pah, das ist nicht dasselbe."

„Na, das kann ja heiter werden", mischte sich Philipp ein, der unbemerkt hinzugetreten war. „Opa Georg will nämlich in die Berge, nach Tirol, gell?" Er lächelte Oma Lisa breit an, die ihm die Zunge rausstreckte.

„Hilfe, wo ist die Insel, auf die ich mich flüchten kann?", rief ich mit gespielter Verzweiflung.

„Ich hab da so eine Idee ...", antwortete Philipp mit verschmitzter Miene.

„So, was denn?" Keine Ahnung, worauf er hinauswollte. Bevor ich weiter nachhaken konnte, vermeldete mein Handy den Eingang einer Nachricht. *Hast du heute Mittag Zeit? Um 15 Uhr im Eiscafé,* las ich.

Tim! Den hatte ich ja komplett vergessen. Mein Herz machte einen Freudenhüpfer.

Klar, simste ich zurück. Und schickte noch zehn Smileys hinterher.

„Also, was hast du für eine Idee?", wollte ich von Philipp wissen. Doch der winkte ab.
„Vergiss es", antwortete er und sah überhaupt nicht mehr gut gelaunt aus.

„Wie siehst denn du aus?", rutschte es mir heraus, als ich später mein Fahrrad aufschloss, um pünktlich zu meiner Verabredung mit Tim in die Stadt zu radeln. Obwohl alle von unserer neuen Bushaltestelle schwärmten, konnte ich mich noch nicht daran gewöhnen, mich von einem Fahrplan abhängig zu machen und den Bus zu nehmen. Nach einer Woche Klassenfahrt und Tim-Sehnsucht im Herzen freute ich mich jetzt auf ein Wiedersehen mit ihm. Lynn stöckelte mir über den Hof entgegen und sah aus, als wäre sie gerade auf dem Weg in Heidi Klums Sendung.
„Geil oder geil?", rief sie und stellte sich in Pose, ungeachtet dessen, dass gerade zwei französische Studentinnen auf dem Weg zur Rezeption mit spitzen Bemerkungen an ihr vorüberliefen.
Sprachlos musterte ich sie von oben bis unten. An Lynns schräge Outfits hatte ich mich ja mittlerweile gewöhnt. Ich wunderte mich nicht mehr, wenn sie in Leopardenleggins und neonpinkem Rollpulli am Frühstückstisch saß. Selbst mit überdimensionalen Sonnenbrillen oder extremen High Heels hatte ich mich abgefunden, ebenso wie mit ihren wechselnden farbigen Strähnchen. Aber dieses Outfit übertraf alle ihre bisherigen Aufmachungen.
„Du meinst es ernst, oder?" Zaghaft zupfte ich an ihrem Zopf, den sie sich mit einem silberfarbenen Band

kopfüber gebunden hatte und der wie ein Pinsel von ihrem Kopf abstand. Sie trug zu einem rosa Oberteil einen grün karierten Plisseerock, der ihr kaum bis zu den Oberschenkeln reichte, weil sie ihn knapp unterhalb ihres Busens gezogen hatte, wo ihn ein breiter schwarzer Gürtel festhielt.

„Meinst du, ich habe eine Chance?" Sie lief in ihren schwarzen Plateauschuhen ein paarmal auf und ab.

Ich hatte keine Ahnung vom Modelbusiness. Alles, was ich wusste, war, dass Models mit möglichst ausdrucksloser Miene wie bessere Kleiderbügel auf und ab liefen. Aber wenn es richtig war, mit staksigen Bewegungen und hässlichen Klamotten einen Fuß vor den nächsten zu setzen, hatte Lynn die besten Aussichten.

„Siehst aus wie ein Flamingo auf dem Misthaufen", bemerkte ich trocken.

„Du bist doof. Wenn nächste Woche das Fernsehteam kommt, will ich vorbereitet sein", fauchte sie beleidigt und drehte sich ein paarmal hin und her. Dann ging sie lächelnd in die Hocke, zog einen Schmollmund und fuhr sich anmutig mit den Händen durch die Haare. „Das würde ich dir übrigens auch empfehlen", fügte sie mit verschwörerischer Miene hinzu und machte einen Kussmund in eine imaginäre Kamera.

„Hä? Wieso?"

„Na ja, ihr habt hier doch jede Menge Leichen im Keller versteckt, oder?" Lynn war mittlerweile wieder aufgestanden und lehnte jetzt an der Mauer, ein Bein lässig nach hinten abgeknickt, die Hände in den Hüften.

„Da würde ich an deiner Stelle dafür sorgen, dass niemand DEINE Geheimnisse aufspürt."

„Ich weiß nicht, was du meinst", antwortete ich. Ich verstand immer noch nicht, worauf sie hinauswollte.

„Na ja, diese mysteriöse Schachtel mit dem Ring unter deinem Bett ... die Tagebücher deiner Mutter ... dein Lokschuppen mit der Wollkiste", zählte sie auf, löste ihren Zopf und wuschelte sich jetzt aufreizend durch die Haare. „Du willst doch nicht, dass das in fremde Hände gerät?"

„Woher weißt du ...? Du hast in meinen Sachen gestöbert, das geht dich überhaupt nichts an!" Wütend funkelte ich sie an. Den Ring hatte ich seinerzeit beim Ausräumen gefunden und sichergestellt, weil er die geheimnisvollen Initialen L + G trug. Bis heute wusste ich nicht, ob sie Leonard + Gloria oder Lisa + Georg oder Lisa + Günther bedeuteten.

„Ich habe nicht gestöbert, sie lagen rum", behauptete Lynn und übte den Blick von unten nach oben über die Schulter. „Ich habe halt in unserem Zimmer ein bisschen aufgeräumt ..."

„Lass deine Pfoten von meinen Schränken!" Ich packte sie am Arm. „Stöckle auf deinen High Heels über die Laufstege der Welt und mach von mir aus Modelkarriere bis nach Wladiwostok, aber lass mich in Ruhe." Obwohl ich sonst nicht so nahe am Wasser gebaut habe, schossen mir die Tränen in die Augen. Lynn war ja so gemein! Was fiel ihr ein, erst mein Zimmer mit ihrer blöden pink-puscheligen Art zu besetzen und dann auch noch meine – Mamas!!! – Sachen zu durchforsten. Ich hätte ihr gerne noch ein paar saftige Bemerkungen an den Kopf gepfeffert,

wenn nicht mein Handy in jenem Moment gepiepst hätte. Tim war bereits am Treffpunkt und wollte wissen, wo ich denn steckte. Himmel, konnte der denn keine fünf Minuten warten?! Ich musste los! Einen Moment zögerte ich, dann schnappte ich mir mein Rad und machte, dass ich ins Eiscafé kam. Gleich würde ich Tim♥♥♥ wiedersehen.
„Wir sprechen uns später", rief ich Lynn im Wegfahren nach, doch zur Antwort drehte sie mir nur den Rücken zu und wackelte demonstrativ mit dem Hintern, ihre ausgestreckten Mittelfinger übersah ich geflissentlich.
Völlig abgehetzt kam ich im Eiscafé an, wo mich Tim mit säuerlicher Miene nur knapp begrüßte. *So* viel zu spät war ich nun auch nicht, fand ich.
„Sorry, hab mein Schloss nicht aufgekriegt", notlügte ich und setzte mich neben ihn. Ich schaute ihn erwartungsvoll an und wartete …

…

…

…

„Hey, schön dich zu sehen!" Ich atmete tief durch und versuchte, meine Aufregung zu verbergen. Immerhin war dies das erste richtige Date mit meinem FREUND. Unruhig ruckelte ich auf dem Stuhl hin und her. Ob wir uns hier vor allen Gästen küssen sollten? Aber Tim schaute nur angestrengt auf den Becher vor sich und spielte mit dem Strohhalm.
„Tut mir wirklich leid. Aber du weißt doch, bei uns auf dem Bahnhof geht es gerade drunter und drüber", versuchte ich es noch mal.

„Schon klar." Er nickte.

Ich rückte ein Stückchen näher. Sollte ich? Oder wartete ich besser, bis er ...?!

„Es ist nur ... ich habe nicht so viel Zeit", meinte er nach einer Weile. Er schielte dabei angestrengt zum Tresen, nur um mich ja nicht angucken zu müssen. „Unser Trainer hat für heute ..."

„... mal wieder ein Sondertraining angesetzt", vollendete ich den Satz für ihn. „Aber für einen Erdbeershake wird's noch reichen, oder?"

„Kannst meinen haben, ich muss jetzt eh los, damit *ich* nicht zu spät komme." Tim schob mir seinen Becher hin und machte Anstalten aufzustehen. Für einen kurzen Moment mutmaßte ich, es wäre Tom, so komisch wie er sich verhielt. Aber er steckte bereits in seinen Trainingsklamotten und war von Schweißband bis Schienbeinschützer bestens ausstaffiert. Sein Zwillingsbruder spielte Handball, soweit ich wusste.

„Quatsch, ich komme mit!" Rasch sog ich den Shake leer und stand ebenfalls auf.

„Äh, ich glaube, das kommt nicht so gut", meinte Tim ausweichend und ich wusste nicht, was er mit dieser Bemerkung meinte, bevor er hinzufügte: „Wir trainieren heute im Wald, Tempolauf mit Intervallen, damit wir für das Großfeld fit sind. Da kannst du nicht zugucken."

Ich schluckte. „Schon klar. War trotzdem schön, dich zu sehen." Das meinte ich ehrlich, auch wenn unser Treffen zu Ende war, bevor es eigentlich begonnen hatte.

Unschlüssig standen wir uns zum Abschied gegenüber, nachdem Tim seinen Shake bezahlt hatte.

„Ich fahr dann mal. Man sieht sich." Er nickte mir noch einmal zu, bevor er mit lockeren Schritten davontrabte. Wie eine geduschte Katze stand ich da. Irgendetwas lief hier gerade gründlich schief und war gar nicht so, wie es sein sollte. Ich wusste nur nicht, was.

Drogenboss auf der Flucht

Unfassbar: Über ein Jahr lang hielt sich Kolumbiens meistgesuchter Drogenboss im Kellergewölbe des alten Bahnhofs versteckt. Jetzt gelang ihm eine spektakuläre Flucht.
„Wir sind immer noch sprachlos", sagt Frau Lisa König, Eigentümerin des Hotels. „Auf unserem Gelände gehen täglich viele Menschen ein und aus, aber niemand hat etwas Ungewöhnliches bemerkt."

Polizeiberichten zufolge soll Don Aureliano gemeinsam mit seiner Frau und Tochter über ein Jahr im Keller gelebt haben. Ob es Helfer gab und wie sich die drei mit Lebensmitteln versorgten, ist noch unklar. Fakt ist, dass auf Hochtouren nach ihm gefahndet wird. Offensichtlich ist auch eine verfeindete Gang hinter Don Aureliano und seiner Familie her, weshalb die Polizei zu größter Vorsicht rät. Sachdienliche Hinweise nimmt jede Polizeidienststelle entgegen.

Tagespost, 14. Oktober 2002

Haarige Zeiten

Der nächste Morgen hielt gleich mehrere unangenehme Überraschungen für mich bereit. Und das lag nicht nur an Lynn, die mit toupierten Haaren am Frühstückstisch saß und damit bei Roselotte Schnappatmung verursachte.
„So gehst du mir nicht in die Schule!", sagte sie mit ihrer ehemaligen fiesen, drohenden Lehrerinnen-Stimme. „Du gehst sofort hoch und kämmst dich!"
„Ich denke nicht daran!", fauchte Lynn.
„Sieht aus wie ein Vogelnest", krähte Yaris, der wie immer seinen Senf dazugeben musste.

„Sieht aus wie ein Model für Arme", stichelte Philipp, der genau wusste, wovon seine Schwester aktuell träumte. Dabei würde er viel besser zum Model taugen, mit seiner durchtrainierten Figur und seinem verträumten Blick, dachte ich und leckte meinen Honiglöffel ab.
Nicht viel und Lynn wäre in Tränen ausgebrochen. Mittlerweile kannte ich sie gut genug, um zu spüren, wann ihr etwas wirklich ernst war und wann sie nur so tat. Und das allerallererste Mal, seit ich sie kannte und sie bei mir im Zimmer wohnte, tat sie mir leid, obwohl sie in meinen Sachen gestöbert hatte.
„Also ich finde das sehr außergewöhnlich", versuchte ich, Lynn zur Seite zu springen, und erntete prompt einen erstaunten Blick von ihr.
„Das ist es in der Tat", meinte Roselotte, die sich inzwischen beruhigt und wieder zu ihrer versöhnlichen Art zurückgefunden hatte. „Trotzdem finde ich, dass du in diesem Aufzug die falschen Signale sendest und so nicht zur Schule gehen solltest. Spar dir diesen Look lieber für später, wenn das Fernsehteam kommt. Die haben nämlich für heute Nachmittag ihren Besuch zu einer Vorbesprechung angekündigt." Sie nickte ihrer Tochter eindringlich zu und da geschah das unfassbare Wunder: Lynn stand auf – und keine fünf Minuten später mit einem fast normalen Pferdeschwanz wieder vor uns.
Roselotte lächelte sie zufrieden an. Wir unterhielten uns aufgeregt über die bevorstehenden Dreharbeiten und Lydia schwärmte gerade von Kräutern und neuen Gemüsesorten, die sie alle im nächsten Frühjahr anbauen

wollte, da marschierte ein dunkelhaariger Junge mit einem Augenbrauenpiercing in unsere Küche. Wäre ihm nicht Carlo auf den Fuß gefolgt, ich hätte Daniel glatt nicht wiedererkannt. Auch eine Überraschung für Roselottes Katze Kassandra, die sich fauchend in die Ecke verzog.

„Was um Himmels willen hast *du* denn gemacht?" Lydia starrte ihren Sohn fassungslos an. „Bist du denn völlig verrückt geworden? Nimm das Ding aus deinem Gesicht! Und dann geh ins Badezimmer und wasch dir die Farbe aus deinen Haaren."

„Geht nicht", lautete Daniels knappe Antwort, während er sich ein Glas Orangensaft eingoss. „Das bleibt so."

„Ich find's cool", meinte Lynn und zwinkerte ihm zu. Philipp nickte beifällig.

Aus den Augenwinkeln heraus musterte ich meinen Kumpel ausgiebig. Daniel hatte sich quasi über Nacht komplett verändert: Nicht nur die Haare hatte er schwarz gefärbt, sondern er trug auch schwarze Hosen und Schuhe, an der einen Seite entdeckte ich sogar Nieten.

„Du gehst dich sofort umziehen!", drohte Lydia. „Sonst…"

„Sonst was?" Daniel blickte seiner Mutter direkt in die Augen.

„Sonst …" Lydia suchte nach passenden Worten und sah sich Hilfe suchend um. Doch Roselotte war längst aufgestanden und rumorte am Herd. Und wir anderen schwiegen.

„Siehste. Dachte ich mir!" In einem Zug trank Daniel sein Glas leer und guckte seine Mutter provozierend an. Es fehlte nicht viel und er hätte seine Füße auf den Tisch gelegt.

„Ist das der Dank, dass ich jahrelang alles für dich getan habe?", rief Lydia. Ihre Stimme klang wie kurz vorm Überkippen. „Da kümmert man sich, wäscht, kocht, putzt, gönnt sich keine freie Minute und erlaubt ihm sogar diesen großen Köter mit den Zuchtpapieren. Und dann ... dann lässt er sich ohne meine Erlaubnis piercen. Wer macht so etwas überhaupt? Etwa deine neuen Freunde? Das ist kein Umgang für dich!" Sie schluchzte auf und griff sich mit einer theatralischen Geste ans Herz. „Tu mir das nicht an! Du bringst mich noch ins Grab."
Ich erschrak. „Das kannst du nicht bringen, Daniel", raunte ich ihm zu.
Doch der blieb ungerührt sitzen, sein Blick wirkte kalt.
„Tut mir leid, Mutter, die Farbe ist echt und hält die nächsten sechs Wochen", erwiderte er trocken. „Und was das Piercing betrifft, kann ich es frühestens in sechs Wochen entfernen, sonst entzündet es sich, und du weißt ja, wie empfindlich ich bin."
Jeder am Tisch wusste, wie überbehütend Lydia in den vergangenen Jahren Daniel umsorgt hatte. Kiwi, Petersilie, Joghurt, seine Leibspeisen ... sie tat alles für ihren einzigen Sohn. Jedes kleinste Wehwehchen kurierte sie mit Tabletten und Tinkturen. Erst seit Daniel Carlo besaß und er mehr und mehr Zeit auf dem Hundeplatz verbrachte, war es ihm gelungen, sich aus ihren Muttifängen zu befreien. Und seit er in der Lok und bei uns lebte, sowieso.
„Du wirst es auch diesmal überleben, dessen bin ich mir ganz sicher", meinte Daniel. Sprach's, schnappte sich

noch einen Apfel vom Obstteller und verließ den Raum.
„Kommst du, Alicia? Der Bus wartet nicht …"
„Der kriegt sich schon wieder ein. Auf Daniel ist Verlass, das weißt du doch", meinte ich tröstend und tätschelte der weinenden Lydia den Arm, die mir in diesem Moment unglaublich leidtat, wie sie da so saß, ein Häufchen Elend. Schlimmer als Bibi mit ihrem Liebeskummer.
Philipp und Lynn folgten uns betroffen nach draußen.
„So habe ich sie ja noch nie erlebt", sagte ich, während wir zur Haltestelle liefen.
„Dann sei froh", murmelte Daniel. „Echt, das ist kein Spaß, ich hab das ständig."
„Du bist ja cool", meinte Philipp anerkennend. „Wie du mit deiner Mutter umspringst, das würde ich mich nie trauen."
„Deine Mutter ist auch anders", antwortete Daniel schlicht. „Oder?"
Da mussten wir ihm recht geben.
Ich wollte ihn gerade fragen, woher denn sein plötzlicher Stilwandel käme und ob ihm das Piercing wirklich einer aus der Clique vom Hundeplatz gemacht hatte, da hielt mich Philipp am Jackenärmel zurück.
„Was ich dich noch fragen wollte …", begann er zögerlich und seine tiefe Stimme klang ganz leise.
„Ich höre!"
„Äh … Hast du heute Nachmittag Zeit? Sagen wir so um fünf Uhr?" Er kickte beiläufig nach einem Stein.
„Weiß noch nicht", antwortete ich wahrheitsgemäß. Tim hatte heute spielfrei, wie er mir gestern Abend auf mein

Nachfragen hin via Skype mitgeteilt hatte. Vielleicht würden wir uns später treffen und vielleicht auch mal wieder küssen, hoffte ich.

„Mmh. Schade." Philipp wirkte enttäuscht. „Ich …"
Er stoppte, weil in diesem Moment der Bus angerauscht kam und ich an ihm vorbei auf einen freien Platz stürmte und den neben mir leider, leider für Bibi freihielt, die ein paar Haltestellen später hinzustieg. Dieser Philipp ging mir langsam aber sicher auf die Nerven! Ständig lungerte er in meiner Nähe herum und wollte irgendwas. Nur weil wir einmal gemeinsam Musik im alten Lokschuppen gemacht hatten, dachte er wohl, wir würden das jetzt öfters tun. Aber da hatte er sich geschnitten!

„Wie siehst du denn aus?", entfuhr es mir, als sich Bibi neben mich setzte.

„Das ist die Frage des Tages, was?", raunte Lynn, die hinter uns saß. Sie hatte ihre Salatohren wirklich überall, selbst wenn sie ihre grellbunten Monsterbeats trug.

„Ich habe diesen Test gemacht", erzählte Bibi freimütig. „Und da stand drin, dass ich Grün tragen soll. Als Zeichen der Hoffnung." Sie streckte mir ihre Fingernägel entgegen, die kiwifarben lackiert waren, passend zum Lidschatten natürlich, der wiederum auf ihre Ohrringe und ihren grünen Rock abgestimmt war.

„Wahrscheinlich hat Daniel auch einen Test gemacht und trägt jetzt Trauer wegen dir", lästerte Lynn.

„Ach, du Scheiße!" Bibi zuckte zusammen, als sie jetzt dessen Grufti-Outfit bemerkte. Zum Glück stand Daniel

weiter vorne und quatschte mit Felix, zumindest tat er so, als hätte er Bibis erstaunten Blick nicht bemerkt.
„Ich find's cool", meinte ich schulterzuckend. „Endlich macht er mal, was er will."
Bibi seufzte. „Aber Schwarz signalisiert auch, dass er noch lange nicht über mich hinweg ist", sagte sie mit einem leisen Unterton in der Stimme. „Sein Verhalten entspricht genau dem Testergebnis: Er ignoriert mich, obwohl er ständig meine Nähe sucht, er stylt sich extra, damit er mir auffällt, er …"
„Vergiss es!", winkte Lynn ab, doch Bibi hörte ihr längst nicht mehr zu, weil sie einen grünen Edelstein aus ihrer Hosentasche zog und sich in ihren BH stopfte.
„Wusste ich doch, dass es wirkt!", lächelte sie wissend und schenkte Daniel, der in diesem Moment zu uns schaute, ein hingebungsvolles Lächeln.
Der tat so, als hätte er nichts gesehen, und ich, als ob ich ihre Bemerkung nicht gehört hätte. Manchmal war meine beste Freundin wirklich nicht an Blödheit zu überbieten.
Lynn hinter uns prustete los.
Wenn Bibi vorhin die unliebsame Auseinandersetzung zwischen Daniel und seiner Mutter mitbekommen hätte, würde sie sich jetzt keine falschen Hoffnungen machen, dachte ich. So ließ ich sie zähneknirschend in dem Glauben, dass sie bei Daniel in ihrem Frosch-Outfit vielleicht doch noch eine Chance hätte, wenn sie sich bei ihm entschuldigen und für Carlo leckeren Hundekuchen backen würde …

Der Vormittag in der Schule zog sich endlos hin und da half es auch nicht, dass ich für zwei Stunden vom Deutschunterricht befreit wurde, um mit dem Schulchor für das Herbstkonzert zu proben. Dummerweise hatte ich ja im Landheim mein Können zum Besten gegeben und so hatte sich bei den Organisatoren herumgesprochen, dass ich von *Adele* bis *Wir sind Helden* so ziemlich alle Popsongs auf der Gitarre beherrschte. Deswegen stand ich nun auf der Bühne und spielte *La Bamba* und gleich danach *Those were the days my friend* zur größten Zufriedenheit von Frau Kuckuck, die offensichtlich von den aktuellen Charts keine Ahnung hatte. Als ich es wagte und in der Pause ein kleines Solo vor mich hin improvisierte, erhielt ich einen tadelnden Blick von ihr. Typisch Lehrer! Erst verlangen sie von einem, dass man sich engagiert und einbringt, und dann muss man doch nach ihrer Pfeife tanzen und zu allem Übel *La Bamba* spielen, weil sie nichts Besseres kennen.

Papa war es, der mich auf andere Gedanken brachte. Denn als ich müde und genervt am späten Nachmittag von der Schule nach Hause kam, begrüßte er mich mit einem überschwänglichen „Da bist du ja endlich! Gleich kommt das Fernsehen. Hast du dein Zimmer aufgeräumt?"

„Die haben in meinem Zimmer nichts zu suchen!", antwortete ich möglichst gelassen. Aus Erfahrung wusste ich, dass beim Thema Dreharbeiten mit ihm nicht zu spaßen war. Papa war dermaßen stolz auf seinen renovierten-sanierten Bahnhof, dass er am liebsten jeden noch so kleinen Winkel dokumentiert gesehen hätte.

„*Alitschia*, ich kann ja verstehen, wenn du auf deine Privatsphäre bestehst", antwortete er ebenso betont geduldig. „Aber meinst du nicht, du könntest ein bisschen aufräumen, sodass der ursprüngliche Charme des Raumes auf den Zuschauer wirken kann?"

„Wie meinen?" Ich guckte ihn sprachlos an. Offensichtlich verwechselte er da etwas. Seit wann galten meine vier Wände als *charmant*? „Du kannst Lynn ja vorschlagen, samt ihrer Klamotten, Zeichenstifte und Schneekugelsammlung auszuziehen. Dann bekommst du einen Eindruck, wie mein Zimmer URSPRÜNGLICH einmal war."

Doch Papa hörte mir überhaupt nicht mehr zu, denn in diesem Moment kam ein Transporter in den Hof gerauscht. Eine attraktive blonde Frau sprang heraus, gefolgt von zwei jungen Männern, die sich als Chris und Rafa vorstellten.

„Guten Tag, ich bin Kerstin Neuer", rief sie gut gelaunt und hielt meinem verdutzten Vater die Hand hin. „Wir haben telefoniert."

Ich schluckte. Diese Kerstin war nicht die Dame, die er neulich im Café getroffen hatte, auch wenn sie ihr vom Typ her ziemlich ähnlich war.

Papa räusperte sich. „Leonard König", sagte er dann mit einem breiten Lächeln im Gesicht, nachdem er sich wieder gefangen hatte, und schlug ein. „Es freut mich wirklich sehr, Sie hier in meinem *Hostel* begrüßen zu dürfen."

KOTZ! Hatte er wirklich *mein* Hostel gesagt?

„Wir haben zu danken, dass Sie uns eine Dreherlaubnis erteilen", antwortete sie charmant und hielt seine Hand für meinen Geschmack eine Sekunde zu lange fest.

„Und ich bin Alicia", brachte ich mich zu Wort, während ich ihr meine Hand hinstreckte. „Wenn Sie möchten, bringe ich Sie zur Dame des Hauses, die für dieses wunderbare Anwesen verantwortlich ist."

„Oma Lisa ist mit Georg unterwegs, im Reisebüro", unterbrach mich mein Vater. „Die beiden wollen eine Kreuzfahrt buchen, ihnen ist der Bahnhof nicht aufregend genug, hähähäm", fügte er mit Blick auf Frau Neuer erklärend hinzu und fand sich wohl lustig.

„Aber Roselotte ist da, oder?", fragte ich mit scheinheiliger Miene. „Kommen Sie, ich zeige Ihnen alles."

Ohne Papas Antwort abzuwarten, zog ich die Redakteurin mit mir. Ich konnte nur hoffen, dass Roselotte auf Frau Neuers Besuch vorbereitet war und wusste, worauf sie sich eingelassen hatte. Wollte ich verhindern, dass Papa dieser Kerstin schöne Augen machte, müsste ich die nächsten Tage von morgens bis abends zu Hause bleiben und auf ihn aufpassen.

Zu meiner großen Erleichterung hatte sich Roselotte wie zu ihren alten Lehrerinnen-Zeiten gestylt, und das hieß in Outfit: kurzer Rock, offene Haare und ein buntes Tuch um die Schultern. Anders als in den letzten Wochen, in denen sie eher den legeren Look pflegte und auch mal fünfe gerade sein ließ, hatte sie sich für das Fernsehteam extra schick zurechtgemacht. Ich atmete erleichtert aus. Wenn Papa sie so sah, konnte er gar nicht anders, als sich wieder in sie zu verlieben, Kerstin hin oder her.

„Guten Tag", begrüßte sie jetzt Frau Neuer herzlich. „Schön, dass Sie da sind. Kommen Sie doch in mein Büro, dann können wir das Wichtigste besprechen. Herr König zeigt den Herren in der Zwischenzeit das Gelände." Roselotte machte eine einladende Geste und zog dann mit einem süffisanten Lächeln die Tür hinter sich zu.

Papa stand da wie festgetackert. „Wie jetzt?"

Ich grinste. „Du hast doch gehört! Ihr macht einen Spaziergang, während die Damen Kaffee trinken! Und ich gehe auf mein *charmantes* Zimmer, Hausaufgaben erledigen ..." Dann machte ich, dass ich aus der Schusslinie kam. Wenn Roselotte Papa auf diese Art und Weise in die Schranken wies, war das eine glatte Kriegserklärung.

Im Flur zog mich Lynn zur Seite. „Sind sie da?", wisperte sie. Sie trug ein extrem glamouröses Styling und duftete so intensiv, dass ich dreimal niesen musste.

„Ja, in Roselottes Büro", wehrte ich sie ab und wollte die Treppe hochflitzen. Mitten in der Bewegung hielt ich jedoch inne. „Aber die Kameraleute sind draußen auf dem Hof und warten auf eine Portion Suppe. Wenn du also bei der Gelegenheit ..."

„Schon verstanden!" Lynn lächelte glücklich, bevor sie Richtung Küche verschwand, wo ich sie alsbald mit Töpfen und Tellern hantieren hörte.

Zufrieden machte ich, dass ich auf mein Zimmer kam. Wenn Lynn unten die Kameraleute bezirzte, bedeutete das wenigstens eine halbe Stunde Ruhe und Zeit für mich, in der ich Musik machen konnte. Aber wo war meine Gitarre? Ich konnte mich genau erinnern, dass ich sie gestern noch in den Ständer neben mein Bett gestellt hatte. Seit unser Lokschuppen nicht mehr sicher war, hatte ich mir angewöhnt, mein Instrument mit auf mein Zimmer zu nehmen und dort zu spielen – wenn die Luft Lynn-rein war.

Ich suchte eine Weile herum, doch keine Gitarre, nirgends. Genervt schmiss ich mich schließlich auf mein Bett und dachte nach. Was hatte das nun wieder zu bedeuten? Wer hatte meine Gitarre geklaut? Da konnte eigentlich nur Yaris dahinterstecken, der mir einen Streich spielen wollte. Bestimmt hatte er sie in seinem Stelzenhaus versteckt. Ich wollte gerade aufstehen, um ihm gehörig die Meinung zu sagen, da klingelte mein Handy. Tim! An den hatte ich heute ja vor lauter Fernsehen noch gar nicht gedacht! Schnell drückte ich ihn weg, ich hatte nämlich Wichtigeres zu tun: Ich musste mein Instrument wiederfinden, bevor Yaris auf die Idee kam, die Saiten abzumontieren und aus den Wirbeln Haarklammern für Roselotte zu basteln. Als ich am Frühstücksraum vorbeikam, hörte ich Stimmen. Es waren Roselotte und Papa, die lautstark miteinander stritten.

„Natürlich hast du sie getroffen, erzähl mir nichts", schrie sie ihn an.

„Nein, ich habe Frau Neuer noch nie in meinem Leben gesehen", antwortete Papa.

„Ach, und woher weiß sie dann so viel über uns und unseren Bahnhof?" Roselotte klang sauer, richtig sauer.

„Sie ist Journalistin und versteht ihr Handwerk, schon vergessen? Ganz bestimmt hat sie im Stadtarchiv und bei der Zeitung nachgeforscht."

„Pah! Erzähl mir nichts!", schnaubte Roselotte. „Sie wusste Details über deine Vergangenheit, die kann sie nirgendwo gelesen haben!"

„Keine Ahnung! Ich treffe mich doch nicht mit anderen Frauen. Bitte, ich schwöre, ich habe sie vorher noch nie gesehen." Papas Stimme klang empört, offensichtlich fühlte er sich zu Unrecht verdächtigt. Aber mit wem hatte ich ihn dann im Café gesehen? Warum log er Roselotte an?

Betroffen schlich ich davon, ich wollte nicht Zeugin sein, wie sich die beiden gegenseitig Vorwürfe an die Köpfe warfen.

„Hey, was machst du denn für ein Gesicht?" Philipp hielt mich am Arm fest, als ich über den Hof lief. Aus lauter Gewohnheit war ich auf dem Weg Richtung Lokschuppen. Der schon wieder!

„Sie streiten", rutschte es mir heraus und es klang wohl ziemlich kläglich, denn Philipp guckte mich überrascht an. „So schlimm?"

„Schlimmer." Ich verzog mein Gesicht. „Papa hat …" Ich atmete tief durch. War es wirklich wahr, was Roselotte da behauptete? Hatte er wirklich heimlich hinter ihrem Rücken diese KERSTIN getroffen? Und die andere auch?

„Was?", hakte er nach.

„Ach, vergiss es", winkte ich ab. Ich konnte es selbst ja nicht glauben, warum sollte ich dann darüber sprechen.

„Hast du Yaris gesehen?", fragte ich, um vom Thema abzulenken.
„Nee, der ist heute bei seinem Kumpel. Aber Lynn …" Philipp grinste breit. „Sie hat doch tatsächlich in High Heels den Jungs vom Fernsehen Suppe serviert." Er machte ein paar Schritte und wackelte dabei so gekonnt mit der Hüfte, dass ich unwillkürlich lachen musste. Manchmal war es doch ganz gut, GESCHWISTER zu haben, die einen auf andere Gedanken brachten, dachte ich, während wir gemeinsam zurück zum Haus liefen, wo ich im Flur meine Gitarre entdeckte. Wusste ich's doch, Yaris, der alte Räuber, hatte sie sich gemopst und einen Kleiderständer installiert …

Protokoll Hausdurchsuchung

Am vergangenen Donnerstag wurde das Gelände des alten Bahnhofs laut Gerichtsbeschluss durchsucht. Folgende Gegenstände wurden beschlagnahmt und mangels Beweisen an die rechtmäßige Eigentümerin, Frau Lisa König, wieder zurückgegeben: Kursbücher, Zugabschlusslaternen, des Weiteren diverse Zuglaufschilder (...), 3 Kartons mit Bettwäsche, 2 mit Handtüchern (...), 1 Kiste mit bunter Wolle sowie 1 Kiste mit Tagebüchern, laut Aussage persönliche Aufzeichnungen der Besitzerin, die nicht für Dritte gedacht sind.

AktZ. 20021018

Endstation Ärger

Die Stimmung bei uns zu Hause wurde immer mieser. Weil ich einen anstrengenden Stundenplan hatte – drei Mal in der Woche Nachmittagsunterricht! – und fast jeden Tag wahlweise einen Test, eine Arbeit oder ein Referat vorbereiten musste, war ich mit meinem Schulkram mehr als beschäftigt. Dazu kamen noch die *La Bamba*-Proben! Immerhin hatten wir bei Frau Kuckuck nach etlichen Diskussionen erreicht, dass wir *I see fire* spielten, ein Lichtblick am öden Konzerthorizont.

Zum Glück war ich also dauernd unterwegs! So bekam ich die lautstarken Auseinandersetzungen zwischen Papa und Roselotte nicht mit, die sich bereits am frühen Morgen anfifteten. Nicht immer ging es dabei nur um die bevorstehenden Dreharbeiten, sondern auch um die Frage, wer welche Aufgabe im Bahnhof übernahm.

Papa war nämlich der Meinung, wenn er sich um Website und Werbemaßnahmen sowie die persönliche Begrüßung der Gäste kümmerte, wäre das mehr als genug. Roselotte dagegen verlangte von ihm, dass er beim Frühstücksgeschäft sowie bei der täglichen Suppenbewirtung mithelfen solle, mal ganz zu schweigen von den anstehenden Büroarbeiten und der Bauleitung.

„Wofür haben wir denn Atina?", rief Papa und rannte empört aus dem Zimmer, als es wieder einmal darum ging, die Wäsche einzusammeln. Da kapierte ich, dass er überhaupt nichts verstanden hatte.

Zu meinem Erstaunen hörte ich mich sagen: „Wie kann ich dir helfen?"

Roselotte sah mich überrascht an, dann drückte sie mich spontan an sich. Und obwohl sich alles in mir dagegen sträubte, erwiderte ich ihre Umarmung.

„Du bist eine Gute, Alicia", flüsterte sie in mein Ohr. „Danke für deine Unterstützung!" Und nachdem wir uns voneinander gelöst hatten, fügte sie hinzu: „Ihr Kinder habt eure Schule und die hat absoluten Vorrang! Und ihr habt ja schon so viel geholfen. Dennoch, danke für dein Angebot, ich werde ganz bestimmt darauf zurückkommen ..." Sie lächelte mir noch einmal zu, bevor sie sich ihrem Kürbis widmete, den sie gerade für eine Suppe klein schnitt.

Es sollte noch übler kommen. Als ich am nächsten Tag zum Frühstück kam, zogen alle am Tisch ein Gesicht wie zu ihrer eigenen Beerdigung, selbst Yaris löffelte bedrückt vor sich hin.

„Was ist passiert?", fragte ich alarmiert.

Zur Antwort hielt mir Philipp den Tagesanzeiger unter die Nase.

Endstation Dreckloch, las ich zu meinem großen Entsetzen die Überschrift in großen Lettern. Und dann, dass bei uns im Jugendhostel die Gäste auf benutzten Laken schlafen müssten, die sanitären Anlagen unhygienisch seien, der Zustand der Küche ebenfalls, mal ganz zu schweigen von den unappetitlich dargereichten Speisen und dem illegalen Abwasserohr im Wald.

„Boah, was für eine Gemeinheit!" Sprachlos pfefferte ich die Zeitung auf den Tisch. „Wer schreibt denn so etwas? Etwa diese Fernsehtante?"

„Nein, ganz bestimmt nicht", kam es von Papa und für diese Bemerkung erntete er sofort einen Stirnrunzler von Roselotte.

„Habt ihr denn irgendeinen Gast verärgert?", fragte Lydia interessiert. „Gab es irgendwelche unliebsamen Vorfälle?"

„Da waren doch diese merkwürdigen französischen Studentinnen", meinte Oma. „Carla und Bruni oder wie sie hießen. Die hatten doch an allem etwas herumzumeckern."

„Nicht, dass ich wüsste", antwortete Roselotte matt. „Ich bin schon alles durchgegangen, da gab es nichts ... selbst die beiden haben sich wieder beruhigt, nachdem wir festgestellt haben, dass die eine von ihnen leider auf die Tomaten allergisch reagiert hat, die in der Linsensuppe waren ..." Sie schüttelte den Kopf.

„Aber irgendjemand muss doch einen Grund dafür haben", mischte sich Opa Georg ein. „Das ist ja Rufmord! Eine Unverschämtheit!"

„Oder diese Stinkekuh macht wieder Stress", warf Yaris ein und nutzte die Unaufmerksamkeit seiner Mutter, um seinen Löffel tief ins Nutellaglas zu bohren.

Wir sahen uns verblüfft an und ich dachte zum wiederholten Male darüber nach, von wem wohl Yaris seine Intelligenz geerbt hatte.

Roselotte schlug sich vor die Stirn. „Silke! Natürlich! Dass ich daran nicht gleich gedacht habe!" Sie wuschelte ihrem Sohn durch die Lockenkrause.

„Die ist doof, einfach nur doof!", kam es von Lynn, die akribisch ihren Joghurtbecher auskratzte. „Wie kann sie da nur so nette Söhne haben ..."

Bei ihrer Bemerkung zuckte ich unwillkürlich zusammen. Ich war später noch mit Tim verabredet, und zwar eine halbe Stunde VOR seinem Fußballtraining. Aber niemand am Tisch – außer Lynn – wusste, dass er mein Freund war. Deswegen schwieg ich jetzt, als Roselotte sagte:

„Die Jungs können nichts dafür! Robert hat für sie getan, was er konnte. Und wenn meine Schwägerin jetzt meint, sie müsse mit ihrer hinterhältigen Art alles kaputtmachen,

was ich mir aufgebaut habe, dann hat sie sich getäuscht. Nicht mit mir!" Sie atmete tief aus und wirkte entschlossen.
„Du hast recht", pflichtete ihr Lydia bei. „Wir lassen uns nicht unterkriegen! Wann kommt das Kamerateam wieder? Morgen, richtig? Dann sollen sie jeden Winkel filmen, wir haben doch nichts zu verbergen!"
WIR? Hatte sie wirklich WIR gesagt? Daniel und ich wechselten einen überraschten Blick, ein Lächeln huschte über seine Lippen. Natürlich trug er immer noch sein Piercing und seine schwarze Kluft. Weil er sich aber ansonsten so wie immer verhielt und an den gemeinsamen Mahlzeiten teilnahm, hatte sich Lydia offensichtlich damit abgefunden und aufgehört, an ihm herumzumeckern, sie hätte ja doch keine Chance gehabt.
Zerknirscht packte ich mein Pausenfrühstück für die Schule in die Tasche. Das waren keine guten Aussichten für die kommenden Tage. Erst stritten sich Papa und Roselotte und dann streute auch noch Silke diese fiesen Gerüchte, um den beiden den Erfolg zu vermiesen. Dass sich Oma Lisa und Opa Georg immer noch nicht über ihr gemeinsames Reiseziel einig geworden waren, machte die Sache in meinen Augen auch nicht besser. Mir musste dringend etwas einfallen, damit endlich wieder Frieden im alten Bahnhof herrschte. Die Frage war nur: WAS???

Sollte ich alle zur großen Aussprache an den Küchentisch holen? Papa wegen seiner KERSTIN zur Rede stellen? Meine gesamte Hoffnung ruhte auf Mamas Tagebüchern, ich wünschte mir so sehr, darin endlich Antworten auf meine vielen Fragen zu finden und letztendlich die Lösung für alle meine Probleme. Nur: Solange Papa sie vor mir versteckte, hatte ich keine Chance. Diese Frage beschäftigte mich dermaßen, dass ich darüber beinahe mein *Date* mit Tim vergaß.

Völlig abgehetzt und auf den letzten Drücker, aber auf die Sekunde genau erschien ich am Kiosk, den Tim als Treffpunkt vorgeschlagen hatte, weil er praktischerweise auf dem Weg zum Fußballplatz lag. Dass ich deswegen unpraktischerweise quer durch die Stadt radeln musste, kümmerte ihn herzlich wenig. Ebenso wie die Tatsache, dass offensichtlich seine Mutter fiese Gerüchte über unser Hostel streute, weshalb heute Morgen die Hälfte unserer Gäste unter Protest abgereist und die andere ihren Aufenthalt storniert hatte.

„Was habe ich damit zu tun?", lautete seine abweisende Antwort, als ich ihn empört darauf ansprach. Die ganze Fahrt über hatte ich überlegt, ob ich mit ihm über den Zeitungsartikel sprechen sollte oder nicht. Weil er mir zur Begrüßung nur kurz zunickte und ansonsten keine weiteren Anstalten machte, mich zu küssen oder gar etwas Nettes zu sagen, legte ich einfach los. Ich erzählte von den Diskussionen und dem Ärger, von den finanziellen Verlusten, die Papa und Roselotte befürchteten, wenn jetzt plötzlich die Gäste ausblieben, nachdem sie so viel investiert hatten.

„Meine Zukunft hängt davon ab", sagte ich theatralisch in der Hoffnung, wenigstens eine Gemütsregung bei ihm hervorzuzaubern. Doch Tim sagte – nichts. Stattdessen guckte er mich nur so komisch an, als wartete er auf irgendetwas.

Stumm erwiderte ich seinen Blick. Ich erwartete auch etwas, nämlich eine Antwort.

„Ich habe damit nichts zu tun", meinte er nach einer Weile ausweichend. „Meine Mutter ist der Meinung, dass ihr Papas Geld zustünde, nicht Roselotte."

„Aber sie waren doch längst geschieden, bevor er ..." Ich biss mir auf die Lippen. Dass sein Vater tot war, war sicherlich bitter für Tim. Und ich wusste nicht viel über Roselottes Vergangenheit. Erst recht nicht, warum Silke ihrer Schwägerin das Leben schwermachte und uns allen noch dazu, das verstand kein Mensch.

Nicht verstehen tat ich auch das, was in den folgenden fünf Minuten zwischen uns passierte. Daran, dass wir nicht viel miteinander sprachen, wenn wir uns sahen, hatte ich mich ja mittlerweile gewöhnt. Daran, dass Tim ziemlich oft nach seiner Uhr schielte, um sein Training nicht zu verpassen, ebenfalls.

Aber plötzlich fiel mir auf, dass *in mir* überhaupt nichts passierte, wenn ich ihn ansah. Wenn ich an jenes Brausepulvergewitter in mir dachte, damals, als ich für ihn den silbernen Fischanhänger aufgehoben hatte. Als wir uns am See wiedergesehen haben. Oder wenn wir uns küssten ... Jetzt stand ich vor ihm und alles Bizzelige-kribbelige war – weg, verschwunden, futschikato.

„Ihr mit eurem Bahnhof", meinte er und es klang so abfällig, dass ich in diesem Moment glasklar kapierte: Du kannst mich mal! Ohne mich!

Ich atmete tief aus und musste diese Erkenntnis erst einmal sacken lassen. Wie konnte das sein, erst so viel Glücksgefühle mit jemandem zu haben und dann plötzlich zu kapieren: Dieser Typ vor mir ist ein kompletter Idiot?!
„Ich glaube, ich muss dann mal", meinte Tim mit Blick auf die Uhr. Er nickte mir kurz zu. „Man sieht sich …"
„… nicht!", rutschte es mir heraus. Erschrocken hielt ich inne. Ich hatte es wirklich gesagt.
Tim sah mich überrascht an, doch ich konnte nicht mehr zurück.
„Tut mir leid …", stammelte ich. „Aber es ist wohl besser, wenn wir uns nicht mehr sehen." Jetzt guckte ich ihm fest in die Augen.
Tim zuckte zur Antwort nur mit den Schultern: „Okay, wenn du meinst … ich finde dich aber wirklich nett." Unruhig wippte er von einem Fuß auf den anderen, als wolle er noch irgendetwas sagen. Doch dann sprang er mit einem „Und Tschüss!" auf sein Rad. Er drehte sich noch nicht einmal um.

„Und du hast wirklich Schluss gemacht?", hakte Bibi erstaunt nach, als ich ihr später am Telefon haarklein von meiner merkwürdigen Begegnung mit Tim erzählte. Wie befreit war ich nach Hause geradelt, ich ertappte mich sogar dabei, dass ich fröhlich vor mich hin summte.
„Wie hat er es aufgefasst? Der Arme! Ganz bestimmt ist er jetzt supertraurig." Bibis Stimme hörte sich mitfühlend an. Kein Wunder, sie war gerade frisch dem Jammertal der Tränen entronnen und kam langsam, aber

sicher, wie sie es selbst ausdrückte, über Daniel hinweg. Selbst ihr Friedensangebot mit selbst gebackenen Hundekuchen hatte nicht ausgereicht, um sich bei ihm für ihr Carlo-feindliches Verhalten zu entschuldigen. Sicher half ihr dabei auch sein verändertes Outfit. Bibi machte kein Hehl daraus, wie eklig sie sein Piercing fand.
„Weiß nicht ...", antwortete ich ausweichend. „Ich glaube, er fand das nicht so schlimm." Heimlich musste ich mir eingestehen, dass ich sehr wenig über Tim wusste. Außer, dass er ein fanatischer Fußballspieler war und auf welche Schule er ging. Ich kannte weder seine Lieblingseissorte noch seinen Musikgeschmack und schon gar nicht wusste ich, ob Tim wegen mir jetzt enttäuscht war oder nicht. Mir dagegen war inzwischen klar, dass ich keinen Freund haben wollte, der lieber auf dem Fußballplatz einem dämlichen Ball hinterherlief, als sich mit mir zu treffen. Und erst recht keinen, dessen Mutter Gemeinheiten über uns verbreitete. Roselotte hatte Silke nämlich zur Rede gestellt und der von Yaris hingeplapperte Verdacht hatte sich bestätigt.
„Der Arme!", wiederholte Bibi. „Ich weiß genau, wie sich das anfühlt, verlassen zu werden."
Mir fiel auf, dass Bibi sich überhaupt nicht dafür interessierte, *warum* ICH mich von Tim getrennt hatte.
„Bist du denn wieder verliebt?", wollte sie wissen. „Daniel hat nämlich auch eine Neue, da bin ich mir sicher."
„Wie kommst du denn darauf?", hakte ich nach, um von meinem Debakel abzulenken. Was mich betraf, ich hatte von diesen Freund-und-Freundinnen-Angelegenheiten

erst einmal die Nase voll, sah man doch, wohin das führte: Streit, Tränen und überall Missverständnisse. Ich mochte mir nicht vorstellen, dass sich Daniel nach den jüngsten Erlebnissen wieder für Mädchen interessierte. Er fieberte aktuell Carlos erster „Hochzeit" entgegen und spielte sich auf, als sei er der Bräutigam persönlich.

„Na ja, ich habe ihn neulich mit so einer gesehen", meinte Bibi.

„Mit *so einer ...?!*", wiederholte ich.

„Ja, diese Clique vom Hundeplatz, mit der er immer abhängt. Die eine ist so alt wie wir und hat es ihm offensichtlich angetan. Oder woher, glaubst du, kommt dieser komplette Stilwandel?"

„Daniel kämpft gerade gegen sein Image als Muttersöhnchen, dachte ich", warf ich ein. „Du solltest mal hören, wie oft und wie laut er sich mit Lydia streitet."

„Quatsch! Carolin, oder wie sie heißt, trägt zehn Mal so viele Piercings wie er und einen Undercut, bestimmt sieht Daniel bald auch so aus", prophezeite Bibi.

„Du spinnst", sagte ich, „Daniel ist nicht so."

„Warte es ab!", kam es von ihr. Nach einer Weile hakte sie nach. „Und was ist jetzt mit dir? Hast du einen anderen? Felix vielleicht?" Bibi kicherte und da wusste ich, dass *sie* wieder frisch verliebt war.

„Nee ...", antwortete ich ausweichend. „Du?"

Das war Bibis Stichwort. Sofort textete sie mich zu, wie süß ihr neuer Schwarm wäre, von dem sie noch nicht genau wüsste, wie er hieße, nur dass er eine Klasse über uns wäre und sie jeden Morgen im Bus ganz besonders

intensiv angucken würde und ... Ich hörte ihr nicht besonders interessiert zu, denn Bibis Geschichten waren immer die gleichen, ich hatte das Gefühl, sie schon oft genug gehört zu haben. Da waren Amals Schwärmereien von ihrem geheimnisvollen Skater spannender!
Dass ich jedoch ausgerechnet mit dem Jungen, dem ich meinen allerersten Kuss zu verdanken habe, Schluss gemacht hatte, war eine völlig neue Erfahrung für mich! Und obwohl es eigentlich ein trauriges Ereignis war, fühlte es sich gut und richtig an, was ich getan hatte. Natürlich hoffte ich, dass es für Tim nicht so schlimm war. Aber ganz bestimmt kam er schnell darüber hinweg. Immerhin hatte er zehn Freunde, die ihn trösteten ...
„Hörst du mir überhaupt zu?", unterbrach Bibi meine Gedanken.
„Nein", antwortete ich ehrlich.
„Machst du bei diesem Konzert wirklich mit?", wiederholte sie ihre Frage, die ich vorher nur mit einem halben Ohr gehört hatte.
„Ja, wieso?"
„Weil ...", sie druckste herum, bevor sie fortfuhr: „... weil *er* auch mitspielt, wie ich herausgefunden habe."
„Und welches Instrument?", wollte ich wissen.
„Die Cajón", antwortete sie stolz.
„Ach! Jetzt weiß ich, wen du meinst. Er heißt Marten, wenn es dich interessiert."
„Und wie! Alicia, du bist ein Schatz!" Bibi drückte mir einen dicken Schmatzer durchs Telefon, dass ich mir unwillkürlich über die Wange wischte.

Hostel in Not

18. Januar 1990

Liebes Tagebuch,
ich weiß nicht, was ich mit diesem Mann machen soll! Kein Rock ist vor ihm sicher, da ist er leider wie sein Vater Georg. Dabei bin ich auf Leonards Hilfe im Hotel angewiesen und bin froh, wenn er mit anpackt. Aber doch nicht, indem er jede junge Frau, die bei uns zu Gast ist, verführt! Seit dem Tod von Günther wächst mir die Arbeit über den Kopf, manchmal weiß ich weder ein noch aus. Die Schulden häufen sich, die Gäste bleiben immer öfter aus, ich muss mir was einfallen lassen, damit sie

wiederkommen. Viel schlimmer aber ist, dass seit dem letzten Sturm das Dach auf der Westseite undicht ist. Ich habe versucht, es mit Bitumen abzudichten. Außerdem hat die Wäscherei die Preise erhöht, sodass ich den Auftrag gekündigt habe. In Zukunft werde ich selbst waschen. Das bedeutet zwar noch mehr Arbeit, aber immerhin eine Ersparnis von hundert D-Mark. Wenn es so weitergeht, werde ich sogar unserer Aushilfe kündigen müssen.

Wahrscheinlich ist es am besten, wenn Leonard nach seinem Studium im Außendienst tätig wird und auf Reisen geht. Dann habe ich hier einen Esser weniger – und keinen Casanova, der meine weiblichen Gäste verrückt macht.

Deine Lisa

Entdeckung mit Folgen

Als ich am nächsten Tag auf dem Weg zur Bio-Tonne nichtsahnend über den Hof schlurfte, glaubte ich, meinen Augen nicht zu trauen: Eine mir wohlbekannte Dame, nämlich niemand anderes als diese KERSTIN Neuer, schlich um unseren Lokschuppen rum. Sie spähte durch die milchigen Fenster, inspizierte das Vorhängeschloss und rüttelte an der Klinke. Immerhin war sie nicht clever genug, die Hintertür zu entdecken, dann wäre ich beleidigt gewesen. Ich selbst hatte sie nämlich in all den Jahren auch nicht bemerkt. Philipp war es, der mich auf jene

Geheimtür aufmerksam gemacht hatte, die sich nicht mehr zusperren ließ, aber zum Glück gut genug hinter einer Heckenrose versteckt war.

Schnell brachte ich mich hinter einem Busch in Deckung. Was suchte diese Reporterin? Papa und Roselotte hatten ihr doch längst in endlosen Gesprächen alles erzählt. Mein Vater hatte sogar ein altes Album ausgegraben und stolz Bilder aus der Vergangenheit gezeigt, als mein Opa Günther noch lebte und das Hotel in voller Blüte stand.

Da! Ich hielt den Atem an, als Frau Neuer jetzt in die Hocke ging und vor dem Lokschuppen in der Erde wühlte. Was suchte sie? Ich beobachtete, wie sie einen Zettel aus ihrer Hosentasche zog und ihn eindringlich studierte, danach von der Eingangstür genau fünf Schritte abmaß, um daraufhin im rechten Winkel zwei Schritte abzubiegen. Abermals kniete sie sich hin und untersuchte den Boden. Sie machte einen halbherzigen Versuch, unter der Brombeerhecke zu graben. Ha, das könnte sie leichter haben, dachte ich. Lydias Gartengeräte standen um die Ecke, aber das konnte Kerstin-Kitty-Kahlohr ja nicht wissen.

Zu meiner großen Erleichterung stand sie unverrichteter Dinge auf, warf noch mal einen abschätzenden Blick auf ihren Zettel und marschierte dann schnurstracks Richtung Hauptgebäude. Weil gerade eine Gruppe junger Italiener vor dem Eingang herumlungerte, fiel es nicht weiter auf, dass sie sich rasch an ihnen vorbeidrückte und die Treppe nach oben nahm. So schnell ich konnte, wollte ich ihr hinterher, aber die Italo-Boys versperrten mir einfach den Weg.

„Bellabellissima", rief der eine und ich mochte kaum glauben, dass er mich damit meinte. Ich dachte, die Zeiten der *Machomen* seien längst vorbei, offensichtlich starb diese Spezies nie aus.

„Die kommt gleich", sagte ich, zückte mein Handy und tippte eine Nachricht an Lynn. *Kamerateam = Rezeption* würde sie gleich lesen und hoffentlich die Zeichen richtig deuten. Dann schob ich mich an den Jungs vorbei, schlich die Treppen zum Dachboden hinauf und ging abermals in Deckung.

Frau Neuer stand mit dem Rücken zu mir mitten auf der Baustelle. Noch bis vor ein paar Monaten war hier oben jahrelang zugesperrt gewesen. Erst im Zuge der Umbau- und Renovierungsarbeiten hatte Oma Lisa den Zutritt erlaubt. Außer einer Kiste mit Wollresten und einer mit Mamas Tagebüchern hatten wir hier oben jedoch nichts Aufregendes entdecken können. Mal abgesehen von altem Bahnhofskram wie Kursbüchern oder Zuglaufschildern, der jeden Eisenbahnfan begeistert hätte.

Ich hielt den Atem an, hoffentlich bemerkte sie mich nicht. Wenn nicht diese Silke ständig unsere Pläne durchkreuzt hätte und das Haus unserer Nachbarn nicht bis auf die Grundmauern abgebrannt wäre, würde hier jetzt MEIN Zimmer sein. So aber hatte sich der Dachausbau ständig verzögert. Ich hoffte schwer, dass unsere Privaträume hier oben noch *vor* meinem achtzehnten Geburtstag fertig würden …

Plötzlich ertönten von unten lauter Bravo-Rufe. Unwillkürlich grinste ich in mich hinein. Das galt Lynn, die garantiert in einem Super-Mini-Mega-Outfit aufgetaucht war.

Rasch versteckte ich mich hinter einem Mauervorsprung, als sich Frau Neuer überrascht umdrehte. Zum Glück bemerkte sie mich nicht. Seufzend lief sie noch ein paar Meter durch den Baustellenstaub, begutachtete hier eine Stellwand und dort das neue Fenster, bevor sie offensichtlich unverrichteter Dinge die Treppe nach unten nahm. Weit kam sie nicht, denn plötzlich hörte ich Papa rufen: „Ach, da sind Sie ja, Frau Neuer, ich habe Sie schon vermisst! *Hämhäm.*"

Peinlich, wo war das Loch, in dem ich verschwinden konnte? Papa zeigte sich wieder einmal von seiner ganz charmanten Seite.

„Wirklich? Nicht doch ..." Der Rest ging im Lärm der Italiener unter, die jetzt kichernd an mir vorbei Richtung Gästezimmer verschwanden. Offensichtlich hatte Lynn sie schwer beeindruckt, denn sie wackelten gekonnt mit den Hüften und warfen sich gegenseitig Kusshände zu.

Neugierig schlich ich ein paar Stufen tiefer, um besser sehen zu können.

„... nichts gefunden", hörte ich Papa jetzt sagen, „alles alter Plunder. Die wertvollsten Geräte wie der Fahrkartendruckstock oder das Stellwerk haben wir längst dem Eisenbahnmuseum gespendet."

„Nun ...", Frau Neuer lächelte Papa an und strich sich mit einer lässigen Geste ihr Haar aus dem Gesicht, „was ist mit den Vorbesitzern? Und diese Geschichte mit dem Drogenboss, der zur Familie gehörte und unter dem Lokschuppen wohnte … Die ist doch nicht wirklich wahr, oder?" Sie schaute ihn lauernd an.

Klar ist die wahr, das war mein anderer Opa, der Vater meiner Mutter!

Mir stockte der Atem, als ich Papa den Kopf schütteln sah.

„Nein, natürlich nicht! Das ist eine hübsche Legende, um … na ja, sagen wir: um das Geschäft anzukurbeln."

Boah, was fiel Papa ein, Mama zu verleugnen! Da würde er mir aber später etwas erklären müssen.

„Das dachte ich mir schon", meinte Frau Neuer vielsagend grinsend. „Sonst hätte ich in der Stadtchronik und den alten Zeitungsberichten sicher mehr darüber gelesen und …" Sie wurde leiser, rückte näher an Papa heran und flüsterte ihm etwas ins Ohr, das ich leider nicht verstand. Ich lehnte mich ein bisschen weiter über das Geländer und dann geschah natürlich das, was passieren musste: Ich absolvierte eine astreine Rolle vorwärts und landete mit einem Plumps vor den beiden auf dem Po.

„Was machst du denn …" Papa atmete tief durch, bevor er sein charmantestes Lächeln aufsetzte. „Alicia hat das akrobatische Talent ihrer Mutter geerbt. Sie trainiert gerade für ihren nächsten Auftritt … Glückwunsch, das klappt ja schon ganz gut!" Sagte es, zwinkerte mir bittend zu und schob mich schnell nach draußen vor die Tür, wo ich mit einem genervten Philipp zusammenstieß.

„Autsch!" Er rieb sich die Stirn. „Kannst du nicht aufpassen?"

„Reg dich ab, ist doch nichts passiert." Ich rieb mir den Hintern. „Was machst du denn hier? Ich denke, du bist noch im Skatepark?"

„Keine Zeit! Ich muss total viel für die Schule nachholen ... Und den Herren Casanova von Zimmer zwei, vier und sechs frische Handtücher bringen, weil sie ins Erlebnisbad möchten." Philipp verzog sein Gesicht.

„Das macht doch sonst Atina?"

„Die hat heute ihren freien Tag."

„Und was ist mit Lynn?"

„Das willst du lieber nicht wissen ..." Plötzlich musste Philipp grinsen.

„Jetzt sag schon."

Er winkte mich ein bisschen näher an sich heran.

„Sie sitzt in der Küche und ist völlig überfordert!"

„Hä, wieso?"

„Das kann ich nicht so laut sagen, es ist ihr peinlich."

„Dann flüstere es mir eben ins Ohr." Erwartungsvoll drehte ich meinen Kopf. Aus den Augenwinkeln sah ich, wie Papa KERSTIN Neuer galant unter den Arm gefasst hatte und Richtung Kirschbaumwiese begleitete, während mein rechtes Ohr *die* Neuigkeit des Tages vernahm: Lynn hatte für heute Abend sieben Dates. Und jetzt wusste sie nicht, mit welchem *Macho* sie ausgehen sollte.

„Dann muss sie eben eine Münze werfen", scherzte ich.

„Da braucht sie aber viele ...", meinte Philipp. „Wartest du kurz auf mich? Ich erledige das hier fix und dann ..." Weiter kam er nicht, denn in diesem Moment kam Lynn angestöckelt.

„Du kannst ihnen ausrichten, dass ich für heute Abend leider schon verabredet bin", sagte sie würdevoll. Offensichtlich hatte sie sich wieder gefasst und war zu dem klaren Entschluss gekommen, dass sie von den Typen sowieso nur verulkt wurde. Manchmal hatte sie wirklich helle Momente.

„Geht klar, Schwester", meinte Philipp. „Also, was ist, wartest du?" Er guckte mich erwartungsvoll an, während Lynn wieder davonstolzierte.

„Okay."

Nachdem Philipp verschwunden war, lief ich, so schnell ich konnte, Richtung Kirschbaum, ich befürchtete das Schlimmste. Papa, wie er *Kerstin* einen Zweig reichte und *ihr* die schönsten Blüten versprach. Papa, wie er lässig am Stamm lehnte und *ihr* schöne Augen machte. Papa, wie er Hand in Hand mit *ihr* dastand, sie am Kinn fasste und …

„Suchst du wen?" Papa stand plötzlich wie aus dem Nichts vor mir.

„Äh … ja … Yaris. Er soll in die Badewanne, sagt Roselotte." Letzteres betonte ich besonders deutlich, zumal Frau Neuer jetzt hinter ihm auftauchte.

„Ach, und ich dachte, du verfolgst mich", meinte er und lächelte die Reporterin wie zur Entschuldigung an. Die tat noch nicht einmal, als wäre es ihr peinlich, hier gemeinsam mit meinem Vater von mir erwischt zu werden. Ich funkelte ihn wütend an, dann wandte ich mich ab und rannte, so schnell ich konnte, Richtung Haus. Ich hatte genug gesehen.

"Hey, was machst du denn für ein Gesicht!", empfing mich Philipp. Tröstend legte er seinen Arm um meine Schulter und zog mich an sich, während er mir ein Taschentuch reichte. Ich musste wohl geweint haben, in letzter Zeit war ich eine richtige Flennsuse geworden.
"Ist ja schon gut. Willst du erzählen, was los ist? Seit Tagen bist du schon so mies drauf …" Er nahm meine Hand und zog mich auf die Bank unterm Küchenfenster. Und wie wir da dicht nebeneinandersaßen und er mich aufmerksam ansah, brach mit einem Mal alles aus mir heraus. Erst Papas ständig wechselnde Liebschaften, die er früher hatte. Dann meine peinliche Begegnung mit der nackten Roselotte im Badezimmer und jenes Picknick für Anfänger, das der Startschuss für unsere Patchwork-Familie gewesen war. Die gemeinen Attacken von Silke, die den Dachausbau verzögerten, weshalb ich mein Zimmer immer noch mit Lynn teilen musste. Überhaupt Lynn, die sich ständig in mein Leben einmischte und sich in den Vordergrund spielte, wo sie nur konnte. Die mir meinen besten Kumpel Daniel ausgespannt hatte, der sich am Anfang wie alle Jungs nur allzu gerne von ihr um den Finger wickeln ließ. Ich berichtete Philipp auch von meiner merkwürdigen Beziehung zu Tim, der nur Fußball im Kopf hatte, weshalb ich mit ihm über nichts anderes reden konnte. Und jetzt Papa, der keiner lange treu bleiben konnte, noch nicht einmal seiner ROSA. Der heimlich hinter ihrem Rücken mit Kerstin Neuer flirtete und sich mit einer anderen Frau getroffen hatte. Nur Mamas Tagebücher verschwieg ich.

Es tat gut, endlich alles zu erzählen, und noch besser, dass Philipp mich dabei nicht unterbrach und mir keine blöden Tipps gab, wie es Bibi getan hätte. Als ich aufhörte, schwieg er eine Weile, bevor er sagte:

„Dein Vater mag vielleicht ein GIGOLO sein und verhält sich manchmal mehr als peinlich. Aber er betrügt meine Mutter nicht, dafür meint er es viel zu ernst mit ihr. Und sie ... es tut ihr so gut, hier zu sein." Philipp atmete tief durch.

„Wie meinst du das?" Ich musterte ihn aufmerksam von der Seite. Seine dunklen Locken fielen ihm leicht ins Gesicht, das mit einem Mal so weich und verletzlich wirkte.

„Darüber kann ich nicht sprechen, das ist eine lange Geschichte." Philipp wandte den Kopf und schaute mich an. So intensiv, dass ich unwillkürlich den Blick senkte. Er räusperte sich. „Es tut mir leid, du hättest die Wahrheit verdient. Für dich gibt es schon so viele Geheimnisse ..."

„Das kannst du aber laut sagen!" Ich hatte mich wieder im Griff und polterte los. „Langsam reicht es mir! Muss denn hier alles voller Lügen sein?" Ich wollte empört aufspringen, doch Philipp hielt mich fest.

„Nicht ... es ist nicht so, wie du denkst."

Schweigend saßen wir an jenem Abend noch lange nebeneinander, ein jeder von uns in seine Gedanken versunken. Philipp starrte vor sich hin, während ich mir insgeheim vornahm, Papa bei der nächstbesten Gelegenheit zur Rede zu stellen. Mit seinem Verhalten war er ja noch

schlimmer als Oma Lisa und die war als Lügenbaronin weit über die Stadtgrenzen hinaus bekannt.
Yaris kam und rannte an uns vorbei ins Haus, lachend verfolgt von Lydia, die in ihm ein neues, dankbares Opfer für ihre Schokowaffeln gefunden hatte, die sie in Serie fabrizierte. Lynn schenkte uns einen fragenden Blick, verkniff sich dann aber glücklicherweise eine Bemerkung, weil sie in diesem Moment einen Anruf auf ihrem Handy bekam. So saßen wir nebeneinander auf der Bank und merkten nicht, wie die Zeit verging. Erst als mein Magen sich mit einem lang gezogenen Hungerknurren meldete, fiel mir auf, dass es inzwischen dämmerte. Und dass Philipp immer noch meine Hand hielt. Und ich seine.
Unsicher wagte ich einen Blick zur Seite – und erwischte seine dunklen Augen. *Tsching*, machte es. Keine Brausepulverfabrik, die explodierte, kein Ameisenkribbeln oder Bibis berühmte Schmetterlinge, die herumflatterten. Einfach nur *Tsching*.
Irritiert senkte ich meinen Blick.
„Äh ... ich muss dann mal gehen", stotterte ich und sprang auf.
Philipp nickte und erhob sich ebenfalls. Unschlüssig standen wir voreinander, wussten nicht, was wir sagen sollten. Ich hatte meine Hände in meinen Hosentaschen verborgen und versuchte angestrengt, ihn nicht anzuschauen, sondern an ihm vorbei zur Haustür, wo sich gerade Kassandra ausgiebig putzte und ihre Pfoten leckte. Doch wie von einem Gummiband gezogen

witschten meine Augen immer wieder zu seinen zurück, ich konnte nichts dagegen tun.

Für einen Moment wirkte es, als wollte Philipp mir noch etwas sagen. Stattdessen strich er mir nur kurz über die Wange. Und obwohl es eine sanfte Berührung war, brannte sie den restlichen Abend, als hätte mich eine Portugiesische Galeere gestreift.

Müßig zu erzählen, dass ich die ganze Nacht über kein Auge zugetan habe. Immer wieder musste ich an Philipp denken und wie lieb er gewesen war. Wie meinte er das, Roselotte hätte nichts Böses verdient? Wenn ich an die lautstarke Auseinandersetzung unserer Eltern dachte, die wir uns während der Abendsuppe mit anhören mussten, war ich mir nicht mehr so sicher, dass Papa ehrenwerte Absichten mit ihr hatte. Was, wenn er sich, wie Silke behauptete, wirklich nur an ihrem Geld bereichert hatte, um auf Rosas Kosten den Hof zu sanieren und ihr jetzt den Laufpass gab? Andererseits: Ich mochte mir beim besten Willen nicht vorstellen, dass Papa *so einer* war. Und wozu gab es Verträge? Denn naiv war Roselotte sicher nicht!

Offensichtlich war ich nicht die Einzige, die Sorgen wegen der beiden hatte, denn ausgerechnet Lynn war es, die am nächsten Morgen beim Frühstück ihren Gedanken Luft machte. „So geht das nicht weiter!", rief sie und rührte ihren heiß geliebten Joghurt nicht an. „Ihr dürft nicht streiten! Ich dachte, dieses Hostel hier wäre euer gemeinsamer Traum! Bitte Mama, nicht schon wieder!"

Philipp runzelte dazu nur kurz die Stirn, im Gegensatz zu gestern Abend wirkte er verschlossen. Als ich ihm vorhin „Guten Morgen" gesagt hatte, hatte er nur knapp reagiert. Wusste ich's doch, der Typ war durch und durch blöd wie seine Schwester. Besser, wenn ich ihn nicht weiter beachtete, doch das war leichter gesagt als getan. Immer wieder musste ich heimlich zu ihm hinüberschielen. *Tsching.*

„Lynn hat recht. Mit Papa hast du schon genug gestritten ..." Yaris war auf den Schoß seiner Mutter geklettert und ließ sich – seiner neun Jahre zum Trotz – von ihr mit Nutellabrot füttern.

„Wir streiten nicht", kam Papa Roselotte zuvor, die bei den Worten ihrer Kinder tief eingeatmet und hilflos den Blick von Philipp gesucht hatte. „Das hier ist alles nur zu eurem Besten, das werdet ihr schon sehen! Bitte, vertraut mir, ist ja nur noch für ein paar Tage."

„Ach ja? Und wieso triffst du dich dann heimlich mit anderen Frauen zum Kaffeetrinken oder spazierst mit ihnen über unser Grundstück?", rutschte es mir heraus. Roselotte prustete ihren Tee in Yaris' Locken. Erschrocken sahen mich alle an, allen voran Papa.

„Woher weißt du?", fragte er tonlos. Dann hatte er sich sofort wieder im Griff. „Bitte, bitte, glaubt mir, ich tue nichts Unrechtes! Aber ich kann darüber nicht sprechen, sonst würde ich unser Projekt gefährden. Es soll ... sagen wir mal so: Es soll eine Überraschung sein." Er sah Roselotte flehentlich an, nicht viel und er hätte einen Kniefall vor ihr gemacht.

Da atmete sie tief durch. „Du hast genau vierundzwanzig Stunden, um alles wiedergutzumachen, Leonard König. Ansonsten wirst du ab morgen woanders wohnen."
„Achtundvierzig", sagte er und lächelte sie entwaffnend an. Dann machte er eine weit ausholende Geste. „Glaubt mir, ich werde einen Teufel tun, mir dieses Glück hier zu verspielen. Aber ich brauche Zeit. Bitte."

Lieber Robert

Lieber Robert,
ich weiß, dass du mich hören kannst, und ich will dir sagen, wie dankbar ich dir für all das bin, was du für mich getan hast.
Zugegeben, die ersten Jahre waren hart, vor allem, als das Geld knapp und Philipp noch so klein war. Wie froh war ich, als ich dann Fritz kennenlernte! Alles schien so gut ... leider lebten wir uns bald auseinander. Ohne dich,

ohne deinen Zuspruch hätte ich das all
die Jahre nicht ausgehalten. Wie oft wollte ich
meinen Lehrerinnen-Job hinschmeißen, aber
ich musste ja durchhalten, ich musste Geld
verdienen! Und dann kam dieser schreckliche
Tag, als mich die Nachricht deines Todes
erreichte. Völlig aufgelöst habe ich damals im
Lehrerzimmer gesessen und mich bei einer
Kollegin ausgeweint ... Dazu kam, dass ich
später noch ein Elterngespräch mit einem
alleinerziehenden Vater hatte, der sehr erbost
über die schlechte Mathe-Note seiner Tochter
war und mich zur Rede stellen wollte. Aber
anstatt mich mit ihm zu streiten, habe ich mich
Hals über Kopf in ihn verliebt – und er sich in
mich. Lange haben wir an jenem Abend noch
miteinander geredet, ich habe ihm mein
ganzes Leben erzählt und er mir seins – und
dass er sich nichts sehnlicher wünschte,
als endlich ein eigenes Hostel zu führen – so
wie ich! Ich schwöre, er wusste zu diesem
Zeitpunkt nichts davon, dass ich ein Vermögen
geerbt hatte! So aber hat mir dein Geld
DIE Chance meines Lebens eröffnet, endlich

das zu tun, was ich schon immer wollte:
Ein kleines, feines Hostel leiten. Dass ich eine komplette Familie dazubekommen habe und einen Mann, der mich liebt, ist das allergrößte Geschenk!
Ich danke dir von Herzen, in ewiger Liebe,
deine Schwester Roselotte im Herbst 2014

Gut gestimmt

„Ist das wirklich Bibi?" Daniel guckte mich ungläubig an.
„Yeah, schubidu, jaja, huhuuuu ..."
„Lange blonde Haare, knapper Rock. Wenn's nicht Lynn ist, kann's nur Bibi sein!", antwortete ich. Wir waren auf dem Weg zur Schule und liefen gemeinsam hinter ihr. Daniel trug heute einen weiten schwarzen Mantel und hatte lässig den Kragen hoch gestellt. Entfernt erinnerte er mich an einen Vampir, aber er sah cool damit aus.
„Aber seit wann kann sie singen?", fragte er.
„Kann sie?" Ich verzog mein Gesicht.

"Yeah, yeah, yeah, you are the ooone ..."
"Übst du für *The Voice* oder was?", fragte ich und zupfte Bibi am Ärmel, damit sie mich bemerkte. Sie trug In-Ears und hörte nichts.
"Huuuh, the only one ...", sang sie und nahm einen Stöpsel raus. "Hä, was meinst du?"
In diesem Moment kam Marten mit dem Fahrrad an uns vorbei und grüßte knapp, woraufhin meine Freundin knallrot anlief. Da war mir alles klar.
"Ich will bei eurem Konzert mitmachen", erklärte Bibi. "Garantiert sucht die Kuckuck noch Schüler für den Chor." Sie schielte unter ihrem frisch geföhnten Pony nach Marten, der gerade dabei war, sein Fahrrad abzuschließen.
"Wir sehen uns nachher bei der Probe!", winkte er mir zu.
"Klar, bis später!", winkte Bibi zurück und strahlte über beide Ohren, dabei hatte er sie überhaupt nicht angeschaut. *"I love youuu ...!"*, sang sie und griff sich mit einer theatralischen Geste ans Herz. Daniel rollte die Augen.

Na, das konnte ja lustig werden. Bibi war die unmusikalischste Person, die ich kannte, aber wenn sie sich etwas in den Kopf gesetzt hatte, war sie erfahrungsgemäß nicht mehr zu stoppen. Das war bei Daniel so gewesen, dem zuliebe sie sich sogar mit Carlo angefreundet und die Zecken auf unserer Kirschbaumwiese in Kauf genommen hatte. Und das würde jetzt so sein, wo sie Marten als Herzbube auserkoren hatte.

Nachdenklich verbrachte ich meine Schulstunden. Ich konnte mich kaum konzentrieren, weil ich ständig an zu Hause denken musste. An Roselotte, die beim Frühstück im Gegensatz zu sonst so traurig gewirkt hatte. An Papa, der meinte, er hätte alles im Griff und dabei unsere Gefühle mit Füßen trat. Und natürlich an Philipp, der gestern Abend so nett und sanft gewesen war, dass ich ihm alles anvertraut hatte. Der aber heute Morgen so in Gedanken versunken war und mich kaum beachtete, als ob wir gestern nicht dieses intensive Gespräch geführt hätten. Mein Herz begann, schneller zu klopfen, ich konnte nichts dafür. Ich versuchte, es zu ignorieren, weil es mich irritierte.

Um mich abzulenken, gab ich mir später während der Probe besonders viel Mühe, spielte meine Akkorde so sauber wie möglich und versuchte bei *La Bamba* eine witzige Soloeinlage, die Frau Kuckuck mit einem sauertöpfischen Lächeln honorierte. Sie wusste genau: Eine falsche Bemerkung ihrerseits und sie konnte ihren *Evergreen* alleine spielen.

Aber all das war nichts gegen Bibis Show! Wir hatten *I see fire* bisher nur wenige Male geprobt. Es war ein leises Stück mit wechselnden Tempi, und obwohl ich kein großer Hobbit-Fan war und den Film nicht gesehen hatte, mochte ich es gerne. Marten trommelte dazu auf der Cajón, während ich mit der Gitarre sanft die Akkorde spielte, wir hatten einen guten Draht zueinander und waren super aufeinander abgestimmt. Die Chorsängerinnen dagegen hatten sich leider bisher noch nicht auf eine Leadstimme einigen können. Kathy fand ich am besten, leider wirkte sie zu schüchtern, um sich gegen die etwas kräftigere Marianne durchzusetzen, die den Gesang dominierte.

Und dann sang Bibi! Sie legte einen astreinen Soloauftritt hin, der selbst Frau Kuckuck verzückte Begeisterungsrufe entlockte und Marten ein anerkennendes „Wow!".

Marianne war blass geworden.

„Super!", rief ich. „Wusste gar nicht, dass du so toll singen kannst!"

„Ich auch nicht", flüsterte sie mir ins Ohr, während wir uns umarmten und sie über meine Schulter hinweg nach Marten schielte. „Aber ich habe in den letzten Tagen intensiv geübt ..."

Wir gingen an jenem Nachmittag das gesamte Lied noch einmal Takt für Takt durch, verbesserten die Einsätze, besprachen die *crescendi*. Ich sollte zwischendurch ein Solo einlegen ebenso wie Bibi, die an einer Stelle besonders intonieren sollte, begleitet von Marianne.

„Das wird toll!", meinte Marten anerkennend, als wir nach der Probe Richtung Bushaltestelle liefen. „Jetzt freue ich mich richtig auf den Auftritt."

„Ich mich auch", grinste ich. „Da verzeihe ich der Kuckuck selbst *La Bamba!*"

„Dein Solo ist große Klasse", sagte er und klopfte mir dabei leicht auf die Schulter, was Bibi stirnrunzelnd registrierte. „Damit rockst du garantiert die Halle ..."

„Find ich auch", warf sie sich dazwischen und strahlte ihn an. „Eigentlich sollten wir eine Band gründen ... Alicia und ich sind das perfekte Duo, musst du wissen. Uns fehlt nur die rhythmische Begleitung ..." Sie strich sich kokett durch ihre langen Haare und ich musste einen Würgereflex unterdrücken. Reichte es nicht, dass sie sich mit ihren Sangeskünsten bei uns eingeschmuggelt hatte? Jetzt musste sie auch noch ein Trio etablieren, nur um mit Marten ein Extradate auszuhandeln.

„Das ist eine tolle Idee! Wann treffen wir uns?", sprang er sofort darauf an und ich fragte mich: Wie dämlich war so ein Junge, dass er nicht merkte, welches Spiel Bibi mit ihm spielte?

„Och … lass mal überlegen." Jetzt tat Bibi so, als müsste sie erst ihren Terminkalender durchforsten, ob sie Zeit für ihn hätte. „Also, wenn ich heute Abend das erledige und morgen früh gleich das, dann können wir – uns morgen treffen." Sie lächelte ihn erwartungsvoll an.

„Super, passt perfekt!" Marten war direkt in ihre Augen getaucht, und wenn ich es richtig interpretierte, hatte ich keine andere Wahl, als zu sagen:

„Sorry, Leute, aber das passt leider nicht. Da muss ich Roselotte beim Pflaumenmuskochen helfen." Was fast nicht gelogen war, sie hatte mich gestern um Hilfe dabei gebeten.

„Oh, wie schade!", meinte Bibi. Und nach einer höflichen Pause fügte sie hinzu: „Ist es schlimm für dich, wenn wir uns trotzdem treffen und schon mal einen Song auswählen? Du bist so toll auf der Gitarre, du kannst garantiert alles spielen."

„Es ist okay für mich", antwortete ich artig. Ich wusste ja, was sie hören wollte, woraufhin sie mich dankbar anstrahlte und mit Marten einen besonders coolen Ort suchte, der sie zu besonders coolen Songs inspirieren würde. Ein Zeichen für mich, mich so schnell wie möglich von den beiden Turteltauben zu verabschieden.

Bevor ich in den Bus nach Hause stieg, gönnte ich mir noch ein Crêpe am Marktstand mit extra viel Nutella. Ich schleckte mir gerade meine Finger ab, da stieß ich mit einer ganz in Weiß gekleideten Frau zusammen. Silke! Ausgerechnet die.

„Sorry, das tut mir leid!", stammelte ich rasch eine Entschuldigung. Ich konnte nur hoffen, dass sich die Schokoflecken aus ihrem Jackett wieder problemlos entfernen ließen.

„Kannst du nicht aufpassen", pflaumte sie mich an. „Da können deine Eltern aber …" Sie stockte. Offensichtlich hatte sie mich jetzt erst erkannt.

„Tut mir wirklich leid, das war keine Absicht", wiederholte ich. Sie sollte bloß aufhören, mich so böse anzuschauen und womöglich ein Drama aus der Sache zu machen. Einmal in die Reinigung und gut ist, dachte ich, zur Not würde ich das von meinem eigenen Taschengeld bezahlen.

„Du bist Alicia, nicht wahr?" Silke musterte mich ausführlich von oben bis unten. „Wegen dir musste ich schon mal eine dicke Reinigungsrechnung bezahlen."

Ich schwieg. Wie hätte ich auch zugeben können, dass ich seinerzeit die Sitze ihres Sciroccos mit Maschinenöl beschmiert hatte. Meine Finger klebten aneinander, zu gerne hätte ich sie an meiner Hose abgewischt, aber ich traute mich nicht.

„Ich geh dann mal." Ich nickte ihr so freundlich wie möglich zu. „Wie gesagt, es tut mir leid, aber ich war so in Gedanken versunken."
Silke starrte mich immer noch an. Mir fiel auf, dass sie die gleiche Augenfarbe besaß wie ihre Söhne. Oder umgekehrt.
„Das kann ich mir denken."
„Wieso?", rutschte es mir heraus. Himmel, dabei wollte ich mit SO EINER überhaupt nicht diskutieren.
„Na, wenn ich mit dieser Person unter einem Dach leben müsste, hätte ich auch Probleme, über die ich nachdenken müsste." Silke schaute mich lauernd an. Dummerweise tat ich ihr den Gefallen, mich aus der Reserve locken zu lassen.
„Also, ich habe mit Roselotte keine Schwierigkeiten."
„Natürlich nicht, schließlich hat sie das erreicht, was sie wollte. Sie bekommt immer, was sie will …" Sie seufzte.
„Wie meinen Sie das?", rutschte es mir heraus.
Da lächelte mich Silke breit an. „Das ist eine lange Geschichte, ich weiß nicht, ob du sie hören möchtest. Es ist nämlich alles gar nicht so, wie du denkst."
„Ach, und wie dann?" Erzähl mir mal was Neues, wenn's nicht der alte Sprung auf der CD ist!, fügte ich in Gedanken hinzu. So langsam hatte ich die Nase voll von der Endlosschleife, die die Erwachsenen immer wieder fuhren.
„Du tust mir leid, du kannst ja nichts dafür", meinte sie, immer noch lächelnd. Täuschte ich mich oder wirkten ihre Gefühle echt? Sie schien eine Weile nachzudenken,

dann sagte sie: „Komm, ich erzähle dir alles, aber nicht hier. Lass uns ein Stück durch den Herrngarten schlendern."

Ohne meine Antwort abzuwarten, zog sie mich einfach mit sich.

„Ich kann übrigens gut verstehen, dass du nicht mehr mit Tim befreundet sein wolltest", begann sie unvermittelt, das Thema zu wechseln, während wir durch das große Eisentor den Park betraten. Peinlich berührt studierte ich den Kies, der unter meinen Schuhen knirschte.

„Du musst nichts dazu sagen", fügte sie hinzu, als ich hartnäckig schwieg. „Aber der Junge träumt nun mal davon, eines Tages Weltfußballer zu werden, da hat er keine Zeit für Mädchen …"

„Sie wollten mir von Roselotte erzählen", unterbrach ich sie. Demonstrativ rückte ich ein Stück von ihr ab.

„Ach ja, die." Sie atmete tief aus, und wie sie jetzt sehr theatralisch seufzte, befürchtete ich das Schlimmste. Und so kam es auch.

„Roselotte hat schon immer gemacht, was sie wollte! Und Robert hat sie vergöttert, kein Wunder, sie hat ihn ja mehr oder weniger nach dem Tod ihrer Eltern von ihm abhängig gemacht."

„Ich weiß, dass die beiden eine enge Beziehung hatten", warf ich ein.

„Und weißt du auch, welche Abmachung die beiden hatten?" Sie schaute mich provozierend an.

Ich zuckte mit den Schultern, ich hatte keine Ahnung, worauf sie hinauswollte.

„Dann weißt du auch nicht, dass Philipp überhaupt nicht Roselottes Sohn ist?" Silke hatte verschwörerisch ihre Stimme gesenkt.

Ich schluckte. „Das wusste ich nicht", antwortete ich ehrlicherweise. Dass Yaris adoptiert war, war offensichtlich. Aber Philipp? War es das, was er mir gestern hatte sagen wollen und warum er heute Morgen so still gewesen war?

„Siehst du!" Sie guckte mich triumphierend an. „Philipp ist Roberts Sohn und Roselotte nicht seine Mutter! Das ahnt aber niemand und sollte auch für immer ein Geheimnis zwischen den beiden bleiben. Sie hat Philipp als ihr Kind ausgegeben und dafür von Robert sehr großzügige Zahlungen erhalten, vor, während und nach unserer Ehe! Roselotte kann einfach nicht genug haben. Deswegen ist es mehr als recht, wenn ich jetzt meinen Teil zurückfordere, immerhin haben wir *gemeinsam zwei* Kinder."

„Das glaube ich nicht!"

„Bitte, dann frag sie doch selbst!" Silke machte eine abfällige Bewegung.

Ich war sprachlos und mochte nicht glauben, was ich da gerade eben gehört hatte. Egal wessen Sohn Philipp war, Roselotte war ganz bestimmt nicht die raffgierige Betrügerin, als die Silke sie darstellte. Sie hatte sich zwar mit Kindern, Katze, Kram und Krempel bei uns eingenistet, gleichzeitig ackerte sie aber von früh bis spät und hatte aus dem alten Bahnhof ein wahres Kleinod gemacht. Wenn Papa jetzt meinte, sie mit einer Kerstin betrügen zu müssen und unsere gemeinsame Zukunft aufs Spiel zu setzen, war das seine Sache. ICH wusste plötzlich, was ich wollte: Roselotte sollte für immer bleiben! Und Philipp auch. Der Gedanke an ihn ließ mein Herz wie verrückt losbollern. Ich musste sofort zu ihm.

„Danke! Ihre Informationen haben mir wirklich sehr weitergeholfen." Ich ließ die verdutzte Silke einfach stehen, rannte durch den Park zurück und machte, dass ich mit dem nächsten Bus nach Hause kam.

Leider war Philipp nirgends zu finden, dafür saß Roselotte mit einem Eimer Pflaumen in der Küche.

„Gut, dass du kommst, du kannst mir beim Entsteinen helfen", rief sie mir statt einer Begrüßung zu. Erschrocken fügte sie hinzu: „Huch, wie siehst du denn aus? Ist was passiert?"

„Was ist mit Philipp?", fragte ich rundheraus.

„Der ist mit seinen Kumpels unterwegs, Skateboard fahren und Backside Flips üben", antwortete sie, während sie mir den Entsteiner reichte.

„Nein, ich meine: Wer ist Philipps Vater?"

„Woher weißt du …" Roselotte war blass geworden. „Silke, oder?", flüsterte sie tonlos. „Diese fiese, gemeine, intrigante, hinterhältige …"

„Schon klar." Ich legte beruhigend meinen Arm auf ihren. „Mir ist egal, was sie sagt oder denkt. Ich will wissen, was hier los ist. Die WAHRHEIT!"

Roselotte nickte und legte ihr Messer zur Seite. „Okay. Es ist ja auch eigentlich kein Geheimnis. Lynn weiß längst Bescheid und Philipp sowieso …"

Dann erzählte sie zu meinem großen Erstaunen, wie Robert noch vor seiner Abschlussprüfung ungewollt Vater geworden war. Die junge Studentin hatte ihm den kleinen Philipp einfach eines Tages in den Arm gedrückt und war zur Selbstfindung nach Bali verschwunden. Weil Robert bereits große Forschungsziele und keine Zeit für das Baby hatte, hatte sich Roselotte kurzerhand des Kleinen angenommen. Ihnen zuliebe hatte sie auf ihre Karriere in der Gastronomie verzichtet und war stattdessen Lehrerin geworden, um ein gesichertes Einkommen zu haben, ihre Eltern lebten ja nicht mehr. Als Robert Silke kennenlernte und heiratete, beließen sie es stillschweigend dabei, schließlich war Philipp an Roselotte gewöhnt. Sie hatte mittlerweile Fritz geheiratet und mit ihm eine gemeinsame Tochter, Lynn. Als Robert nach all den Jahren dann endlich mit seiner Erfindung Geld verdiente, fühlte er sich seiner Schwester verpflichtet und schenkte ihr den größten Teil. Als Wiedergutmachung für all ihre Entbehrungen und dafür, dass sie endlich ihren Lebenstraum verwirklichen konnte: Nämlich ein eigenes Restaurant eröffnen.

„Krass!" Etwas anderes fiel mir nicht dazu ein. Das erklärte einiges, wenn auch nicht Silkes Boshaftigkeit und Habgier.

„Philipp ist wie ein Sohn für mich, ich habe das nie infrage gestellt", fügte Roselotte abschließend hinzu. Sie lächelte sanft. „Offensichtlich habe ich ein Talent, mutterlose Wesen anzuziehen, was?"

Ich schluckte.

„Weißt du nun, was du wissen wolltest?

Da grinste ich sie breit an, denn eine Frage brannte mir noch auf den Lippen: „Aber wieso musstest du ausgerechnet Mathe-Lehrerin werden?"

Zur Antwort bekam ich einen Pflaumenkern an den Kopf. Ein weiterer traf Philipp, der gerade in die Küche kam.

„Hey, was ist denn hier los?" Ohne dass wir es merkten, hatte er die Küche betreten.

„Schön, dass du da bist, wir haben gerade über dich gesprochen." Roselotte begrüßte ihren Ältesten mit einem Küsschen.

„Und deshalb werft ihr mit Steinen? Ist ja toll, und was?" Mit angewidertem Gesicht betrachtete Philipp den Berg Pflaumen auf dem Tisch. „Hast du etwa zum hundertsten Mal festgestellt, dass ich keine mag?"

„Oh, echt nicht? Ich liebe Pflaumenmus …" Ich wagte ein zaghaftes Lächeln in seine Richtung, er zwinkerte mir zu.

„Vielleicht kannst du trotzdem helfen?" Roselotte hielt ihm aufmunternd ein Messer unter die Nase und stand auf. „Ich habe nämlich noch etwas Dringendes zu erledigen."

„Boah, nee, das geht nicht, du weißt …" Philipp war bereits ganz blass um die Nase und machte, dass er aus der Küche kam. „Mir wird von den Dingern schlecht!!!"

„Schon okay, ich mach das", beeilte ich mich zu sagen. Nach Roselottes ehrlichem Lebensbericht fühlte ich mich ihr verpflichtet. „Dafür bist du mir was schuldig!", rief ich ihm hinterher. Da drehte er sich um und warf mir im Weggehen eine Kusshand zu. Ich lachte.

„Was war denn das?" Lynn war wie aus dem Nichts aufgetaucht. Sie musterte mich skeptisch, verkniff sich jedoch glücklicherweise eine Bemerkung. Das wollte ich ihr auch geraten haben, denn ich wusste selbst nicht, was ich davon halten sollte, dass mich die Nähe von Philipp plötzlich so froh machte.

War es Brandstiftung?

In der Nacht zum Sonntag brannte das Wohnhaus am alten Bahnhof infolge eines Blitzeinschlages völlig ab (wir berichteten). Nun liegen der TAGESPOST neue Informationen vor, die von einer Brandstiftung ausgehen.

„Wie kann ein einzelner Blitz einen solchen Flächenbrand auslösen?", fragt Reinhold Schellenberg von *Versicherung-Extra*. „Nach Aussage der Bewohner hatte der Blitz im Dachstuhl eingeschlagen und den Brand ausgelöst. Bis zum Eintreffen der Feuerwehr war nichts mehr zu retten."

Laut Protokoll ging der Notruf erst um 00:12 Uhr bei der örtlichen Feuerwehr ein. Zeugenaussagen zufolge stand das Gewitter jedoch genau um Mitternacht über dem alten Bahnhof.

„Hier sind noch viele Fragen offen", so Schellenberg. „Wieso war der minderjährige Sohn des Hauses in jener Nacht nicht auffindbar? Warum war Lydia Peterlic komplett angezogen, obwohl sie dafür bekannt ist, früh schlafen zu gehen? Hier müssen dringend Antworten gefunden werden, bevor die Versicherung zahlt."

Tagespost, 14. August 2014

Voll verbrannt

Um mich und meine Gefühle wieder in den Griff zu kriegen, verkroch ich mich später am Abend mit meiner Gitarre in Daniels Lok. Er war mit seiner neuen Clique unterwegs, gemeinsam wollten sie eine Nachtwanderung um den See herum unternehmen. Ich an seiner Stelle würde mich zu Tode fürchten, aber sie hatten ja ihre Hunde dabei. So saß ich dann gedankenversunken über meine Saiten gebeugt und spielte, was mir gerade in den Sinn kam. Wie von selbst kamen die Akkorde von *Hero* in meine Finger, leise summte ich die Melodie dazu mit. Dieses Lied hatten Philipp und ich bei unserer ersten Begegnung im Lokschuppen auf meinem Instrument gespielt. Ich hatte damals nicht gewusst, dass er ein so guter Gitarrist war. Und auch nicht, dass ich irgendwann so gerne in seiner Nähe sein würde.

Plötzlich bemerkte ich aus den Augenwinkeln, wie jemand durchs Gebüsch schlich. Schreck! Nicht schon wieder diese Kerstin! Oder womöglich Yaris, der mir einen Streich spielen wollte. Für einen Moment hielt ich den Atem an, mein Herz klopfte.

Doch es war Philipp. Da pochte mein Herz noch wilder.

„Hier bist du, ich habe dich überall gesucht!", sagte er. „Darf ich?"

Ohne eine Antwort abzuwarten, setzte er sich mir im Führerstand gegenüber.

„Klar." Was hätte ich auch anderes sagen sollen. Insgeheim hoffte ich, dass er nicht zu lange in den Büschen gestanden und mich belauscht hatte. Zu meiner großen Überraschung hielt er jetzt seine Gitarre in der Hand.

„Ich wollte ...", er räusperte sich und stimmte mit geübten Griffen sein Instrument, „... ich wollte dir etwas vorspielen. Schon lange, aber du hast ja nie Zeit!" Er lächelte sanft, als er das sagte.

„Ach, und deswegen hast du mich bis hierher verfolgt?", rutschte es mir heraus, etwas bissiger als beabsichtigt.

„Nirgends ist man vor euch *Froboeses* sicher!"

„Ich bin kein Froboese", sagte er grimmig und schnitt eine Grimasse. „Ich dachte, das wüsstest du! Aber wenn du willst, verschwinde ich wieder."

„Schon okay", beeilte ich mich zu sagen. „Es ist nur ... früher war ich immer alleine, erst recht in meiner Meisterbude. Und jetzt ..."

„... kann man noch nicht einmal in Ruhe in der Lok weit ab vom Haus sein, Mist, verdammt." Philipp ging an sein Handy, das unmissverständlich laut in seiner Hosentasche brummte. Am anderen Ende hörte ich Papas aufgeregte Stimme. Philipp wurde blass. Zum zweiten Mal an diesem Abend.

„Was ist passiert?", fragte ich alarmiert.

„Frag nicht, wir müssen ins Haus. Roselotte hat sich beim Pflaumenmuskochen übelst verbrannt. Sie muss ins Krankenhaus." Philipp griff nach meiner Hand und half mir von der Lok, wie von selbst glitt ich in seine Arme. Einen kurzen Moment nur hielt er mich fest und wir schauten uns an. Dann rannten wir Hand in Hand wie auf Kommando los, froh und innerlich voller Sorge zugleich.

„So eine Schweinerei!", schimpfte Roselotte. „All die Arbeit umsonst!" Sie saß mit schmerzverzerrtem Gesicht auf dem Stuhl und hatte einen nassen Lappen auf ihrem linken Unterarm, während Papa wie ein aufgescheuchtes Huhn durch die Küche rannte. Offensichtlich war der große Topf umgekippt und Roselotte hatte ihn mit den bloßen Händen aufgefangen. Dabei hatte ihr das kochend heiße Pflaumenmus den Arm verbrannt.

„Warte, ich mach das!" Rasch wischte ich die Pampe vom Fußboden, es war nicht das erste Mal, dass es in der Küche einen Marmeladenunfall dieser Art gab. Oma Lisa gehörte ebenfalls zu den schwungvollen Köchinnen, und wer wie ich jahrelang beim Einkochen geholfen hatte, kannte sich mit Saubermachen aus.

„Wir besorgen neue Pflaumen und fangen einfach noch mal von vorne an", rief Philipp, der mit kreidebleichem Gesicht im Türrahmen stand und nach Roselotte schielte.

„Das sagst ausgerechnet du!", rief ich neckend. „Vielleicht sollten wir lieber Apfelgelee machen ..."

„Bin dabei", antwortete er und lächelte mich an.

Ihm zuliebe öffnete ich das Fenster, damit sich endlich die *Pflaumenpestduftwolke* verzog, und beeilte mich mit dem Aufwischen. Mittlerweile hatte sich auch Papa wieder beruhigt und war zu normalem Handeln fähig.

„Hast du große Schmerzen?", fragte er und hielt Roselotte ritterlich seinen Arm hin.

„Wird schon", murmelte sie mit zusammengebissenen Zähnen und stand auf. Willig ließ sie sich von ihm zum Auto führen, ich reichte ihr hilfreich ein frisches Kühlpäckchen für ihre Verletzung.

„Haltet die Stellung, bis wir wiederkommen", meinte Papa. „Kann sein, dass heute Abend noch neue Gäste kommen, der Zug aus Paris wird mit zwei Stunden Verspätung erwartet ..."

„Geht klar!", rief Philipp und winkte ihm zu.

„Ich geh dann noch mal in die Küche, sauber machen", sagte ich, als Papa mit Vollgas vom Hof gerauscht war. Unschlüssig guckte ich ihn an.

„Und ich schau mal nach Yaris ..."

„Okay. Man sieht sich."

„Okay." Philipp sah aus, als wollte er mir noch etwas sagen, doch ohne ein weiteres Wort verschwand er im Treppenhaus.

Also widmete ich mich wieder der Küche, wischte und putzte, füllte das restliche Pflaumenmus, das den Unfall überlebt hatte, in die bereitstehenden Gläser und gönnte mir gerade einen Schluck Belohnungs-Cola, als draußen ein Taxi in der Einfahrt hielt. Immer diese Studenten, die zu später Stunde hier noch eincheckten, unpünktliche Züge hin oder her! Konnten die nicht tagsüber anreisen wie andere Gäste auch? Ein Blick auf die Uhr verriet mir, dass es kurz vor Mitternacht war. Also schlurfte ich genervt nach draußen – und blieb wie elektrisiert stehen, als ich einer blonden Frau gegenüberstand.

„Sie wünschen?", fragte ich so gelassen wie möglich. Sie sollte bloß nicht merken, dass ich sie kannte. Es handelte sich um jene Dame, die Papa seinerzeit frühmorgens im Café getroffen hatte, als ich mit Bibi gemeinsam die Schule schwänzte.

„Bonjour. Isch bin Monique Chapeau, isch 'atte ein Zimmer reserviert", sagte sie mit einem leichten französischen Akzent.

„Einen kleinen Moment bitte ..." Ich führte sie zur Rezeption, wo ich in den Unterlagen nicht lange suchen musste. Ihr Name war fein säuberlich in Roselottes Handschrift notiert, versehen mit jeder Menge kryptischer Zeichen. Die stammten allerdings eindeutig von Papa.

„Hier, Zimmer fünf. Den Gang runter und dann rechts. Warten Sie, ich zeige es Ihnen." Eine innere Stimme empfahl mir, besonders höflich zu sein. Oder war ich einfach nur neugierig?

„*Formidable!* Großartig", rief sie aus, als wir den freundlichen Raum betraten. „Lavendel auf dem Kopfkissen und 'imbeeren als Bett'upferl, sehr originell!" Sie nickte anerkennend, während sie sich begeistert umsah.

„Es ist der *charmanteste* Ort der ganzen Stadt", sagte ich lächelnd und kam mir vor wie Papa, wenn er sein Hostel anpries. „Dann wünsche ich eine gute Nacht! Frühstück gibt es ab halb acht."

„Wunderbar. *Merci!*"

Ich nickte dieser Monique noch einmal zu und lief dann, so schnell ich konnte, ins Wohnhaus zurück, in der Hoffnung, Philipp irgendwo zu entdecken. Doch der war wie vom Erdboden verschwunden. Heimlich, um nicht von Lynn gesehen zu werden, schlich ich zu seinem Zimmer. Ich wollte gerade mutig sein und anklopfen, da hörte ich ihn mit seiner tiefen Stimme singen. Genauer gesagt: meinen Namen.

Alicia ... und dann eine Reihe kunstvoll verschlungener Akkorde, die wie ein Trommelwirbel klangen.

Ich brauchte einen Moment, um zu kapieren: Dadrinnen saß Philipp und sang ein Lied – für mich.

Mein Herz machte einen Freudenhüpfer. Ich ließ mich rücklings an der Wand auf den Boden gleiten, schloss meine Augen und hörte ihm zu.

Obwohl er leise und gefühlvoll spielte, konnte ich jedes einzelne Wort verstehen. Ich konnte es immer noch nicht fassen. Philipp hatte ein Lied geschrieben. Für mich.

Alicia – girl with trouble, girl with luck
Living in a station without feelings
Lonesome girl, lonesome heart
But there the one who makes it start
Change her life for a better way
Change her feelings day by day
Alicia – girl with trouble, girl with luck
...

Ich musste eingeschlafen sein, denn als ich aufwachte, schlug die alte Wanduhr im Wohnzimmer gerade zwei Uhr nachts. Erschrocken rappelte ich mich auf und rieb mir die Augen. Waren Papa und Roselotte mittlerweile nach Hause gekommen? Offensichtlich nicht, denn unten im Flur brannte immer noch Licht. Ich horchte an Philipps Tür und drückte so leise wie möglich die Klinke, damit er mich nicht bemerkte. Fast lautlos schlich ich an sein Bett und drückte ihm einen vorsichtigen Kuss auf die Wange, was er mit einem wohligen Schnaufer quittierte. Dann machte ich, dass ich wieder nach draußen verschwand. Ich wollte mir noch vor dem Schlafengehen rasch ein Glas Wasser einschenken, doch zu meiner großen Überraschung saßen Lydia und Lynn gemeinsam in der Küche. Sie waren so sehr ins Gespräch vertieft, dass sie mich zunächst nicht bemerkten. Genauer gesagt diskutierten sie über eine Unzahl von Entwürfen, die auf dem Tisch verstreut lagen.

L&L – Teafactory las ich zu meiner großen Verwunderung. Und darunter die Zeile *Tee für die Seele*.

Noch erstaunlicher, ich musste mir die Augen reiben. Träumte ich? Lynn machte einen auf Seelebaumeln! Seit wann das denn, bitte schön?

„Da staunst du, was?", sagte Lydia statt einer Begrüßung. Obwohl es mitten in der Nacht war, wirkte sie frisch und fröhlich, was auch am Sektglas liegen konnte, das halb voll vor ihr stand. Sie hielt mir einen Bogen mit lauter bunten Mustern unter die Nase. „Hier, das hier gefällt mir besonders gut."

„Das wirkt bunt, jung und dynamisch. Sieht nach guter Laune aus und jeder Tee bekommt seine eigene Farbwelt", meinte Lynn fachmännisch und lächelte mich an. „Gefällt es dir?"

„Erinnert mich ein bisschen an Ostereier ...", antwortete ich und begutachtete die anderen Entwürfe, die weniger farbenfroh waren. Aber die beiden hatten recht: Wenn es um Wohlfühltee mit Gute-Laune-Faktor ging, war das hier wohl das Richtige.

„Lynn hat sich selbst übertroffen", meinte Lydia anerkennend. „Ich bin froh, dass sie sich entschlossen hat, bei mir einzusteigen. Wir beide haben ein vielversprechendes Geschäft vor uns!" Sie prostete Lynn zu, die ihr Glas in einem Zug leer trank.

„Bei dir einzusteigen? Ich dachte, Lynn wollte Model werden und nicht Bauerntrampel." Letzteres bemerkte ich unfreundlicherweise mit Blick auf Lynns ungewohntes Schlabber-Outfit. Sonst wirkte sie selbst im Schlafanzug durchgestylt wie für einen Wäschekatalog. Heute Nacht dagegen sah sie völlig NORMAL aus.

„Ich bin geheilt!", grinste Lynn. „Und das habe ich dir zu verdanken!" Sie prostete mir zu.

„Mir?" Ausgerechnet.

„Erinnerst du dich an den netten Kameramann neulich? Der hat mir die Augen geöffnet!" Sie lächelte mich versöhnlich an. Dabei wusste sie genau, dass ich sie die ganze Zeit über mit ihrem Modelgehabe nicht ernst genommen und ihr diverse Fallen gestellt hatte. Angefangen beim Fernsehteam über die Suppennummer mit den Italienern hin zu jenem Nachmittag, an dem der bärtige Kameramann jemand für die Probeeinstellungen gesucht hatte. Eigentlich hatte er mich dafür ausgewählt, weil ich so ein markantes Gesicht mit wahnsinnstollen Haaren hatte (er meinte meinen *asinello*-Look!), aber ich hatte keine Lust, mich als Versuchskaninchen missbrauchen zu lassen. Also hatte ich ihm Lynn geschickt, die wieder einmal die Gelegenheit witterte, sich ins rechte Licht zu rücken. Offensichtlich hatte es diesmal gewirkt. Wenn auch anders, als von Lynn zunächst beabsichtigt.

„Wir hatten ein ausführliches Gespräch und er hat mir klargemacht, dass ich mehr draufhabe, als nur hübsch gestylt vor der Kamera herumzustehen. Er hat mich gefragt, welche Talente ich besitze, und als er mein Skizzenbuch betrachtet hat, hat er mit mir gemeinsam die Idee entwickelt, im grafischen Bereich kreativ zu sein", erzählte sie freimütig. „Also werde ich meine Modelkarriere an den Nagel hängen und vielleicht Grafikdesign studieren … Deswegen habe ich für Lydia diese Entwürfe angefertigt und …"

„… Lynn wird mir in Zukunft in meinem Hoflädchen zur Seite stehen", vollendete Lydia stolz ihre Ausführungen. „Wenn ich bald meine eigenen Kräutertees verkaufe, selbst gemachten Käse oder Roselottes Suppen kann ich Hilfe gebrauchen, denn …"

„… alles muss hübsch verpackt und etikettiert werden!", ergänzte Lynn und ich dachte: Holla, da haben sich aber zwei gesucht und gefunden. Abermals stießen sie miteinander an. Wahrscheinlich wäre das noch die ganze Nacht so weitergegangen, wären in diesem Augenblick nicht Papa und Roselotte nach Hause gekommen. Letztere trug einen dicken weißen Verband um ihren linken Arm und wirkte so gut gelaunt wie lange nicht mehr.

„Sie haben ihr Schmerzmittel verpasst", meinte Papa und rollte die Augen. „Außerdem weiß sie etwas, was ihr nicht wisst!" Er schnappte sich Lynns Glas, goss sich nach, prostete in die Runde und lief Roselotte hinterher, die längst singend und summend im Schlafzimmer verschwunden war.

Am nächsten Morgen war die Stimmung auf dem alten Bahnhof wie ausgewechselt. Papa und Roselotte tuschelten und turtelten wie zu alten Zeiten, Yaris hopste durch die Küche und Oma Lisa und Opa Georg gifteten sich wie früher an, als es noch eine richtige Grenze zwischen unseren Grundstücken gab. Zwar waren sich die beiden nach etlichen Diskussionen endlich darüber einig geworden, dass sie ihren Urlaub in Montpellier an der Côte d'Azur verbringen würden, um Meer und Berge gleichzeitig zu haben. Jedoch stritten sie jetzt darüber, ob sie mit Bus, Bahn oder Flieger reisen sollten …

Lynn schien über Nacht wie verwandelt. Aus der Pink Lady mit immer einem Hauch zu viel Make-up im Gesicht war ein *fast* normales Mädchen geworden, das es offensichtlich ernst mit seiner zukünftigen Karriere als Designerin meinte. Zumindest gab sie sich sichtbar Mühe, so geschmackvoll wie möglich aufzutreten, selbst ihr Parfüm roch weniger aufdringlich als sonst.

„Heute ist der letzte Drehtag, oder?", fragte Lydia und nahm sich eins der frischen Hörnchen, die Roselotte in aller Herrgottsfrühe trotz ihrer Verletzung gebacken hatte.

„Yepp, Gott sei Dank!", entfuhr es Daniel, der ziemlich müde aus der Wäsche guckte. „Mir geht diese Journalistin auf den Zeiger, ständig will sie etwas wissen, nirgendwo hat man mehr seine Ruhe!"

„Frag mich mal", grinste ich und nahm mir einen Extraklecks Nutella. „Was meinst du, wenn diese Reportage ins Fernsehen kommt, steppt hier erst recht der Bär!"

„Genau das ist das Ziel!", rief mein Vater begeistert aus. „Je mehr, desto besser."

„Gibt's jetzt jeden Morgen Hörnchen?", rief Yaris, der bereits sein zweites verdrückt hatte.

„Nein, das ist nur … äh, eine Ausnahme. Ich wollte etwas Neues ausprobieren", stammelte Roselotte. „Außerdem ist heute ja Sonntag!"

„Die sind lecker!" Das kam von Philipp, der frisch geduscht am Frühstückstisch saß. Wie immer war er seine morgendlichen zehn Kilometer gejoggt. Sein würzigherber Duft

wehte leicht zu mir herüber und machte, dass ich unruhig auf meinem Stuhl hibbelte. Da piepsten plötzlich sieben Handys wie auf Kommando gleichzeitig los.
Verdattert guckten wir uns an.
„Cool, Carlo wird Vater von acht Welpen!", rief Daniel begeistert, der als Erster seine Nachricht checkte. „Und ich darf eins behalten!"
„Wir haben die erste Bestellung!" Das kam von Lydia und Lynn strahlte vor Freude. „Wie gut, dass du gestern Abend noch die eine Rundmail gestartet und *Bio-für-alle* gelikt hast."
Philipp dagegen ignorierte sein Handy vollkommen, während Roselotte missmutig auf ihr Display starrte. „Silke!", knurrte sie nur und das sagte alles.
Papa dagegen wirkte höchst zufrieden mit dem, was er las. Er lehnte sich entspannt zurück, während er seinen Milchkaffee genüsslich leer schlürfte.
Mich dagegen haute es völlig aus den Latschen. Tim hatte mir auf WhatsApp eine Nachricht geschickt mit lauter Smileys und Herzchen und ob wir uns mal wieder treffen, er würde mich vermissen und es täte ihm leid. Hä, dachte ich, da hat er sich wohl vertan und die Falsche angepiepst. Ich löschte seine Message.

Extrastern für den alten Bahnhof

Ein Kleinod am Rande der Stadt, ruhig gelegen, aber in bester Citylage und alles andere als von gestern: Der alte Bahnhof präsentiert sich als Hostel im neuen Gewand, bunt, modern und mit einem exquisiten Suppenangebot, das die Gaumen sämtlicher Feinschmecker frohlocken lässt. Von klassischer Bohnensuppe bis hin zu ausgefallenen Suppenkreationen wie beispielsweise *Getrüffelte Maronisamtsuppe* verfügt die patente Eigentümerin Roselotte Froboese über ein breites wie ansprechendes Küchenrepertoire, mit dem sie jeden Tag aufs Neue ihre Gäste verwöhnt. Für die jungen Leute, die aus aller Welt anreisen und in modernen Zimmern aufs Angenehmste übernachten, gibt es frisch gebackene Frühstückshörnchen mit selbst gemachter Marmelade, das Preis-Leistungs-Verhältnis stimmt auch für den kleinen Geldbeutel und das Ambiente ist überaus charmant. Was will man mehr!

Monique Chapeau, Restauranttesterin
für TRAVEL & PEOPLE

Verwirrt, verirrt, gewonnen

Meine Verwirrung an jenem Tag wurde noch größer, als Papa nach dem Frühstück in der Küche wie zu alten Zeiten höchstpersönlich den Kochlöffel schwang, und noch viel größer, als er gleich drei Suppen für den heutigen Speiseplan vorbereitete.

„Erwartest du noch wen?", fragte ich lauernd. Da sich Roselotte auf sein Geheiß hin ausruhte (was in ihrem Fall hieß: mit Yaris Hausaufgaben machen) und Lynn mit Lydia kichernd im Büro verschwunden war, hatte ich die ehrenvolle Aufgabe erhalten, ihm zu helfen. Also stand ich in der Küche und putzte Maronen, viertelte Kürbis und hackte Gemüse klein.

„Warte es ab, *Alitschia*, heute erlebst du noch etwas ganz Großes!", behauptete Papa und löschte die Zwiebeln im Topf mit Gemüsebrühe.

Hab ich schon, dachte ich insgeheim. Philipp hatte mir nach dem Frühstück zugelächelt, ganz kurz nur, sodass keiner es bemerkte, doch es war, als hätte er die Sonne für mich angeknipst und …

„Hörst du mir überhaupt zu?" Papa stand neben mir und hielt mir den Zauberstab unter die Nase. „Du sollst die Maroni sämig pürieren, aber mit Gefühl, bitte."

Das ließ ich mir nicht zweimal sagen. Mit viel GEFÜHL hielt ich das Gerät also in den Topf, dass es nur so blubberte. Wie das Brausepulvergefühl seinerzeit mit Tim, erinnerte ich mich und musste unwillkürlich lächeln. Das mit Philipp fühlte sich viel besser an und ich freute mich darauf, ihn später zu treffen, wenn ich meinen Job als Suppenkasper loshatte.

Doch dazu kam es nicht. Denn ERSTENS hielt mich Papa mit seinen Küchenkommandos auf Trab. Nachdem die Suppen fertig und abgeschmeckt waren, sollte ich je einen Probelöffel an Roselotte reichen, was diese mit lauter Ahs und Ohs begeistert quittierte. Oma Lisa, die wie immer in die Küche geschlurft kam und einfach ihren Löffel nacheinander in die Suppen tauchte, meckerte dagegen nur herum.

„Deiner Maronensuppe fehlt noch ein Schuss Trüffelöl! Der Kürbis verträgt mehr Curry und Kokosmilch.

Und diese Bouillabaisse ... Sag bloß, du hast den Wermut vergessen?" Drohend hielt sie ihm ihren Löffel unter die Nase.

Papa tat, wie ihm geheißen, würzte und kippte nach, Oma Lisa probierte, meckerte, Papa salzte, pfefferte, Oma Lisa probierte – bis sie endlich zufrieden war.

„*Wunderbar!*" Sie leckte verzückt ihre Lippen, nickte Papa zu, bevor sie aus der Küche verschwand und ich bei mir dachte: Den Ausdruck hatte ich doch schon mal irgendwo gehört?

ZWEITENS bekam ich von Papa den Auftrag, auf der Schiefertafel im Gastraum drei Tagessuppen anzuschreiben, was meine gesamte Aufmerksamkeit erforderte. Denn diese Tafel war viel zu klein für *Getrüffelte Maronisamtsuppe, Kürbis-Curry-Suppe mit Kokos* und *Bouillabaisse mit Noilly Prat*, weil sie nur für die Ankündigung EINER Speise gedacht war.

Und DRITTENS kam just in dem Moment, als Monique Chapeau gut gelaunt nach ihrer kleinen Wanderung um den See das heutige Angebot studierte, Kerstin Neuer mit ihrem Kamerateam auf den Hof gerauscht und filmte drauflos, während die Französin verzückt ein ums andere Mal ausrief: „Welsch Zufall, Maronisuppe esse isch für mein Leben gern! Und eine Bouillabaisse mit Noilly Prat ist wirklisch sehr außergewöhnlisch und ..." Sie schwärmte in einer Tour, während sie sich eilig an den Tisch setzte.

Da schnappten bei mir die Synapsen, da schalteten die Drähte in meinem Hirn, da kapierte ich: Deswegen also

der ganze Aufwand! Papa hatte die ganze Zeit über exakt auf diesen Moment hingearbeitet. Monique Chapeau war eine Restauranttesterin und Papa hatte sie damals heimlich ausspioniert, um ihr heute ihr Lieblingsgericht vorzusetzen! Verblüfft verfolgte ich, was als Nächstes geschah: Roselotte ließ es sich nicht nehmen, die Damen und Herren trotz ihrer Verletzung zu bedienen, und Papa ruhte nicht eher, bis auch die anderen Gäste von seinen Suppen probiert hatten. Er selbst achtete die ganze Zeit über streng darauf, bloß nicht in Erscheinung zu treten, und schickte mich mit einem Suppenteller nach dem anderen los. Schließlich sollte Madame Chapeau ja nicht merken, dass er ihre Vorlieben kannte.
Der nette Kameramann filmte und filmte, zwischendurch machte er sogar einen Schwenk auf Lynn, die gemeinsam mit Lydia eine Teeverkostung anbot.
„Was für ein wunderbares 'aus!", rief Madame Chapeau begeistert und alle anderen Gäste nickten zustimmend.
„Wir reisen seit einem Jahr um die Welt", verriet ein junges Pärchen aus Kanada, „aber hier schmeckt es uns am besten."
„Zum Glück versprüht der alte Bahnhof trotz der Renovierungsarbeiten immer noch seinen ursprünglichen Charme", ergänzte Madame Chapeau. „Kompliment, Sie 'aben hier wirklisch ein besonders Kleinod geschaffen! Und Sie sind eine grandiose Köchin!" Sie prostete Roselotte zu und diese strahlte.
„Also, wenn Sie mich fragen, wir haben Material für fünf Stunden Sendezeit im Kasten", meinte Kerstin Neuer

und winkte uns zur Seite. „Leider stehen uns nur sechzig Minuten zur Verfügung ... da werden wir uns im Schneideraum auf das Wesentliche beschränken müssen." Sie schaut uns fragend an.
Roselotte guckte alarmiert, mir sackte das Herz in die Hose. Nur Oma Lisa schaute gelassen in die Runde.
„Das Wesentliche? Wie meinen Sie das?"
„Na ja ... entweder berichten wir über die erfolgreiche Sanierung eines alten Gebäudes und über ein florierendes, international bekanntes Jugendhostel am Rande der Stadt, charmant gelegen, inhabergeführt, kulinarisch auf der Höhe der Zeit. Oder ...", sie machte eine Pause, bevor sie lauernd hinzufügte: „... oder wir arbeiten uns an der Geschichte ab und bringen doch endlich die Wahrheit über diesen Drogenboss und seine Tochter, die hier angeblich gelebt haben, ans Licht."
Mir stockte der Atem. Es war das erste Mal, dass jemand so direkt und in aller Öffentlichkeit von der Vergangenheit sprach. Und obwohl ich mir nichts sehnlicher wünschte, als dass endlich Licht ins Dunkel käme, kapierte ich in diesem Moment, dass es niemanden etwas anging. Das war MEINE Geschichte und die gehörte nicht ins Fernsehen.
Noch bevor ich etwas sagen konnte, kam es zu meiner großen Überraschung von Oma Lisa mit fester Stimme: „Niemand interessiert sich für altes und kaputtes Gemäuer, glauben Sie mir, junge Frau! Die Leute wollen Lebensfreude spüren, sich in einem modernen Hostel wohlfühlen, eine Auszeit von ihrem anstrengenden

Alltag genießen, *chillen*, sagt man doch heute, oder? Ihr Chefredakteur wird begeistert sein über ihren Bericht über diese außergewöhnliche Frau, die all dies hier geleistet hat!" Sie deutete stolz auf Roselotte, die verlegen den Blick senkte.

„Sehen Sie, genau mit diesen Worten habe ich ihm gestern Abend noch die beste Sendezeit abgerungen." Kerstin Neuer nickte und ich war in diesem Moment unsagbar stolz auf meine Oma Lisa. Chillen. Sie hatte wirklich chillen gesagt …

„Dann werden wir gleich noch hinten an der alten Lokomotive ein paar Naturaufnahmen mit diesem jungen Musiker machen. Jetzt im Herbst leuchten die Farben so intensiv, da kommt er besonders gut rüber." Mit diesen Worten nickte sie uns allen noch einmal zu, bevor sie mit ihrem Team nach draußen verschwand. Ein Freudenzucker durchfuhr mich, dann wusste ich endlich, wo Philipp steckte, er hatte sich nämlich seit dem Frühstück nicht mehr blicken lassen.

„Isch muss auch los", verabschiedete sich Madame Chapeau. „Ihre Suppe, Madame König, ist wirklich große Klasse. Isch werde sie weiterempfehlen!"

Die beiden schüttelten sich ausgiebig die Hände.

„Ist sie weg?" Papa kam aus der Küche gestürmt, als Madame Chapeau draußen endlich in ihr Taxi gestiegen war.

„JA! Geschafft! Das hast du gut gemacht", erleichtert drückte Roselotte ihm einen dicken Kuss auf die Wange, der Richtung Mund verrutschte.

Peinlich berührt wandte ich den Blick ab, an Elternsex konnte ich mich einfach nicht gewöhnen, ich wollte sowieso zur Lok. Schon von Weitem sah ich Philipp dort stehen, die Gitarre lässig in der Hand. Die Art und Weise, wie Frau Neuer ihn jetzt in Pose brachte und der Kameramann um ihn herumschwenkte, sah nach einem professionellen Shooting aus. Mindestens für ein Cover. Oder eine Sedcard.
„Hey, cool!", rutschte es mir heraus und rannte näher. Vor lauter Begeisterung wäre ich Philipp beinahe um den Hals gefallen, konnte mich aber gerade noch vor den anderen beherrschen.
Philipp nickte mir unmerklich zu, ohne seine Position zu verändern, während der Fotograf um ihn herum knipste. Ihm war es offensichtlich peinlich, dass ich ihn entdeckt hatte, er wirkte sehr konzentriert.
„Bleib so, guck ein bisschen nach oben …"
„Wofür sind denn die Aufnahmen?", rief ich.
„Nur fürs Fernsehen", meinte Frau Neuer. „Danke, das war's! Dein Bruder hat's echt drauf."
Er ist nicht mein Bruder.
„Hey, cool!" Ich ging auf Philipp zu, der mir lächelnd entgegenblickte.
„Erzähl bloß Lynn nichts davon, sie würde vor Eifersucht platzen!", sagte er, legte mir wie selbstverständlich den Arm um die Schulter und zog mich an sich. Seine rechte Hand streckte er Frau Neuer hin. „Danke für die DVD."
„Gerne", meinte Frau Neuer und verabschiedete sich von uns beiden mit Blick auf die Uhr. „Meine Güte, so spät schon! Nichts wie los, wir haben noch einen Termin."

„Was für eine DVD?", fragte ich neugierig. Wir standen immer noch dicht nebeneinander vor der Lok, obwohl die Fernsehleute längst verschwunden waren.

„Willst du das wirklich, wirklich wissen?", fragte Philipp. Er schaute mir offen in die Augen und es gab nur eine Antwort:

„JA!"

„Na, dann los." Er griff nach meiner Hand und rannte los. Die Gitarre, die über seiner Schulter baumelte, schlug im Rennen gegen meinen Hintern, aber egal.

„Wo willst du hin?", fragte ich atemlos, als wir im Gästetrakt angekommen waren.

„Ich wohne hier, schon vergessen?"

„Aber der Fernseher ist im Wohnzimmer."

Da blieb er vor mir stehen, hob mein Kinn mit seinem Zeigefinger leicht in die Höhe und sagte: „Alicia König, willst du nun wissen, was auf der DVD ist, oder nicht?"

JAJAJAJAJA. Was blieb mir anderes übrig, als zu nicken. Kurz darauf waren wir in seinem Zimmer, wo er seinen Laptop anschmiss und die silberne Scheibe einlegte. Erwartungsvoll lehnte ich mich zurück. Philipp machte es wirklich spannend!

„Eigentlich wollte ich sie dir schenken", meinte Philipp lächelnd. „Aber so ist es natürlich viel besser ..."

Gebannt sah ich auf dem Bildschirm, auf dem sich leider nichts tat. Philipp drückte noch ein paar Tasten, machte einen Neustart, aber nichts passierte, die DVD hing.

„Mist, verdammt!", fluchte Philipp und er wirkte so enttäuscht dabei, dass er mir unwillkürlich leidtat.

„Mach dir nichts draus", versuchte ich, ihn zu trösten, und legte ihm besänftigend die Hand auf die Schulter.

„Irgendwie will es mir nicht gelingen, dich zu überraschen", meinte er. Er lächelte zerknirscht, während er meine Hand nahm und sie festhielt, sie fühlte sich warm und trocken und vertraut an.

„Hast du schon", krächzte ich mit rauer Stimme. Wie er gerade sanft meinen Arm streichelte und mich dabei so lieb anguckte, verschlug es mir glatt die Sprache. Mir fiel ein, dass er mich schon mal so intensiv angeschaut hatte, damals, nachdem er mich auf der Beachparty als Alkoholleiche gerettet hatte und ich in seinem Bett meinen Kater auskurieren durfte … Bevor ich dieser Erinnerung weiter nachgehen konnte, spürte ich seinen Kuss auf meinen Lippen, ganz leicht nur, zart und weich. Aber so wunderschön, dass ich unbedingt zurückküssen musste …

Wie eine Schlafwandlerin bin ich an jenem Abend in mein Bett getaumelt. Philipp und ich hatten uns nach diesem einen Kuss noch mal geküsst und dann noch mal. Es war ganz anders als mit Tim, nicht einfach so hingehaucht, sondern intensiv, zart, warm, wunderbar, als könnten wir es beide nicht fassen, was da zwischen uns passierte. Erst als Yaris zur Tür hereingestürmt kam, weil er unbedingt noch von Philipp wissen wollte, ob er mit ihm morgen Basketball trainieren würde, lösten wir uns voneinander. Mit einem leisen „Gute Nacht, schlaf gut!" hatten wir uns voneinander verabschiedet.

Jetzt lag ich unter meiner Decke und tastete vorsichtig nach meinen Lippen. Ich konnte es immer noch nicht glauben. Ausgerechnet ich, Alicia König, hatte mit PHILIPP geknutscht!

...

...

...

Und wie er mich die ganze Zeit über angeschaut hatte. Seufzend schloss ich die Augen und versuchte, meinen Erinnerungen nachzuspüren. Zu blöd auch, dass Yaris uns gestört hatte, sonst würden wir garantiert immer noch verknäult miteinander auf seinem Bett liegen. Philipp hatte sein Shirt ausgezogen und ich hatte sanft und vorsichtig die mittlerweile verblassten Linien der Verbrennungen nachgezeichnet, die die Portugiesischen Galeeren während des Badeunfalls auf seinem Körper hinterlassen hatten.

Ein neues, unbeschreiblich großes Gefühl hatte mich in Besitz genommen und machte mich froh wie noch nie in meinem Leben. So froh, dass ich Lynn sogar verzieh, dass sie zu so später Stunde immer noch das Licht brennen hatte, um über ihren Schreibtisch gebeugt an den Entwürfen für die Suppenetiketten zu scribbeln. Hatte sie gemerkt, dass zwischen Philipp und mir etwas lief, ließ sie es sich nicht anmerken. Und als sie so gebeugt über ihrem Papier saß, fielen ihre blonden Haare wie ein Vorhang vor ihr Gesicht und alles wirkte so friedlich. Am liebsten wäre ich aufgestanden, um nachzuschauen, was sie zeichnete, wusste aber aus Erfahrung, dass Lynn während der

Entwurfsphase nicht gestört werden wollte. Also zog ich mir die Decke über den Kopf, schloss die Augen, roch an meinen Fingern und träumte von – Philipp.

Geschichten, die das Leben schreibt

Jahrelang, bis in die Neunzigerjahre, gewährte der alte Bahnhof chilenischen Flüchtlingen ein sicheres Versteck — unbemerkt von Behörden und Gästen. „Unsere Kinder sind gemeinsam aufgewachsen", erzählt die heute siebzigjährige Lisa König, die damals nach dem Tod ihres Mannes in Eigenregie das charmante Hotel leitete. „Lorenzo und Gabriela halfen mir, wo sie konnten, dabei war es gefährlich für sie, sich in der Öffentlichkeit zu zeigen. Sie waren nicht nur politische Flüchtlinge aus Chile, sondern wurden auch zu Unrecht verdächtigt, einen Mord begangen zu haben. Undenkbar, dass sie rechtmäßig Asyl bekommen hätten! Mit ihrer herzlichen Art waren sie beliebt bei den

Gästen, bald sprach sich der angenehme
Service des Hauses herum. Endlich lief das
Geschäft wieder! Zum ersten Mal nach
Günthers Tod waren wieder Freude und Leben
auf dem Hof eingekehrt, zumal sich Leonard
in die Tochter der beiden verliebte und
Gloria ein kleines Mädchen zur Welt
gebracht hatte. Wir waren eine glückliche,
große Familie! Und weil ein damals
befreundeter Arzt bei der Geburt geholfen
hatte, gab es keine Probleme mit den
Papieren und den Ämtern.
Alles wäre gut gegangen, hätte sich dieser
verdammte Drogenboss nicht hier bei uns
versteckt! Von einem Tag auf den anderen
wimmelte es hier nur so vor Polizisten
und neugierigen Reportern, die ihre Nase
überall hineinsteckten. Weil Lorenzo
leicht für diesen *Mafiosi* gehalten werden
konnte, wurde es für die Familie hier zu
gefährlich. Für uns alle! Zunächst lebten
sie noch eine Weile unbemerkt im Schacht
unter dem Lokschuppen, aber alsbald wurden
Spürhunde und Suchtrupps eingesetzt.
Sie gerieten ernsthaft in Lebensgefahr
und mussten abermals flüchten. Zu ihrer
eigenen Sicherheit ließen sie die kleine
Alicia in meiner Obhut zurück, Leonard
versprach, sich gut um sie zu kümmern.

Es war ein herzzerreißender Abschied, mir blutet heute noch das Herz. *Aber wenn Gloria geblieben wäre, wären wir alle tot.* Denn die Polizei war damals zu allem entschlossen und die Drogengangster ebenfalls. Offiziell gilt Gloria als verstorben, dem Kind haben wir leider nie die Wahrheit sagen können. Zu ihrem eigenen Schutz. Ich hoffe, Alicia wird eines Tages verstehen, dass wir handeln mussten, wie wir gehandelt haben. Ich habe alles getan, um sie zu beschützen. Ich bete, dass sie mir verzeiht, ich habe immer nur das Beste für sie gewollt.
Nach und nach kehrte danach wieder Ruhe auf dem alten Bahnhof ein, Leonard ging wieder auf Reisen und küsste diverse Damen, er konnte keiner treu bleiben, noch nicht einmal Gloria. Das hat mich sehr getroffen.
Aber zum Glück hat Gloria ihrer Tochter ihre Tagebücher hinterlassen und die Bande nie abreißen lassen. Ich bin mir sicher, die beiden werden sich eines Tages in die Arme schließen!"

Lisa König im Interview mit Kerstin Neuer, September 2014

Liebe ohne Grenzen

"Hurra, hurra, sie sind da!" Daniel tanzte vor lauter Freude um den Frühstückstisch herum. Ein Anblick, der mich unwillkürlich zum Lachen brachte, weil er in seinen schwarzen Klamotten auf mich wirkte wie ein flatternder Vampir.
"Sieben gesunde Welpen! Drei schwarz gemarkte, drei blonde und ein tiefschwarzer!" Er guckte triumphierend in die Runde, bevor er sich sein Pausenbrot schnappte und Richtung Bushaltestelle verschwand. Den restlichen Tag würde er nicht mehr ansprechbar sein und dem

Moment entgegenfiebern, in dem er *seine* Kleinen endlich besuchen durfte.

„Na, herzlichen Glückwunsch, PAPA", rief Roselotte ihm scherzend nach.

„Selber herzlichen Glückwunsch!", meinte Papa und küsste sie mal wieder länger als nötig vor unser aller Augen auf den Mund. „Seit gestern Abend stehen die Leitungen nicht still! Wir können uns vor Anfragen kaum retten!"

„Das wundert mich nicht", kam es von Oma Lisa lächelnd. „Bei *der* Fernsehreportage!"

In der Tat hatte sich Kerstin Neuer selbst übertroffen und einen solch inspirierenden Bericht über unseren alten Bahnhof geliefert, dass selbst ich mich in das *charmante* Anwesen hätte verlieben können – wenn mein Herz nicht voller Philipp gewesen wäre. Der saß mir drei Stühle weiter gegenüber und hatte mir vorhin beim Butterüberreichen leicht über den kleinen Finger gestreichelt, von den anderen unbemerkt, wie immer.

In den letzten Wochen hatten wir so gut wie jede freie Minute miteinander verbracht und entweder miteinander geküsst – oder gelernt. Immerhin hatte er einiges aufzuholen und auch für mich stand eine Arbeit nach der nächsten an. Die gemeinsame Lernerei lieferte uns auch ein perfektes Alibi, denn von den anderen sollte niemand wissen, dass wir ein LIEBESPAAR waren. Ich hatte keine Ahnung, wie unsere Eltern reagieren würden, und wollte mir dämliche Bemerkungen ersparen. Weder Bibi noch Daniel wussten von uns, und wenn Lynn etwas ahnte, hielt sie ausnahmsweise ihre vorlaute Klappe. Überhaupt

war sie wie ausgewechselt: Zielstrebig erledigte sie ihre Hausaufgaben, um sich möglichst schnell mit Lydia an die gemeinsamen Entwürfe für ihre Teebeutel, Kräutermischungen und Gemüsekisten setzen zu können.
An diesem Morgen war ich dreifach aufgeregt, denn erstens musste ich wieder einmal Philipp gegenübersitzen, ohne ihn küssen oder berühren zu dürfen. Zweitens hatte er sich gestern beim Skaten richtig hingelegt und sich beim Backside Flip das Schienbein fies an den Treppenstufen aufgeschlagen. Mit schmerzverzerrtem Gesicht war er an den Frühstückstisch gehumpelt und ich hätte ihn am liebsten ausführlich getröstet. So konnte ich ihm nur kleine, mitleidige Blicke zuwerfen und hoffen, dass die anderen nichts bemerkten.
Drittens fieberte ich bereits unserem Herbstkonzert entgegen, das morgen Abend stattfinden sollte. Dank Bibis furioser Gesangseinlage würden wir einen super Gig landen und hatten Frau Kuckuck *La Bamba* & Co. längst verziehen. Mein Solo konnte ich perfekt, ich hatte es rauf und runter und runter und rauf geübt. Ich hoffte nur, dass sich bis dahin meine Aufregung legte, die mich seit gestern ergriffen hatte. Denn während der Generalprobe verbreitete sich das Gerücht, dass ein Special Guest sowie ein Fernsehteam erwartet würden. „Das ist *die* Gelegenheit für unsere Schule!", hatte Frau Kuckuck geschwärmt. „Also enttäuscht mich nicht und legt euch ins Zeug!"
Bibi kannte natürlich wieder mal kein anderes Thema als ihr Bühnenoutfit. Gleich in der ersten Pause nervte sie

uns damit, dabei hatten wir uns alle längst auf schwarze Klamotten geeinigt. Die hatte jeder von uns im Schrank.
„Aber wenigstens pinke Nägel dazu! Oder die Haare mit einem Neonband hochgebunden!", rief sie. „Hey, Mädels, wir kommen ins F-E-R-N-S-E-H-E-N!"
„Na und? Erzähl mir mal was Neues!", winkte ich ab.
„Du wieder, nur weil du schon mal im Fernsehen warst!"
Bibi rollte genervt mit den Augen. Wir alle wussten, wie brandeifersüchtig sie auf meinen Auftritt reagiert hatte, nur weil ich in einer kurzen Einstellung sehr vorteilhaft zu sehen war, wie ich gerade strahlend einen japanischen Studenten begrüßte. Als ob ich die Hostel-Chefin persönlich wäre, hatte Bibi bemerkt und hatte nicht freundlich geklungen.
Lange schaute ich meine Freundin an. Ihr konnte man es aber auch nie recht machen, ständig hatte sie etwas auszusetzen. Da meckerte sie monatelang an mir herum, ich solle endlich mehr aus meinem Typ machen und mich in Szene setzen. Und dann war es endlich so weit und ich gefiel ihr immer noch nicht. In diesem Moment hatte ich kapiert, dass es eben nicht auf lange blonde Haare ankam und auch nicht, dass man sich seine Lippen wie alle GIRLS mit glibberigem Froschlaich betupfte. Ich war ich und fühlte mich bestens – und es ging mir so gut wie noch nie in meinem Leben! Selbst mit meinen borstigen *asinello*-Haaren hatte ich mich ausgesöhnt, denn Philipp liebte jede einzelne Strähne, wie er immer wieder betonte, wenn wir zusammen waren.

„Also, ich fände etwas Pinkes auch okay", kam es beschwichtigend von Amal. „Aber wir sollten es jeder selbst überlassen, ob sie lackierte Fingernägel, einen Schal oder Strümpfe wählt. Einverstanden?"
„Einverstanden", meinte Jo.
„Ich lackiere mir die Fußnägel", rief ich schnell und prustete los. Lynn würde mir bestimmt mit einem Fläschchen aus ihrer umfangreichen Sammlung aushelfen. Seit sie mehr oder weniger zum Öko-Freak mutiert war, interessierte sie sich kaum noch für Beauty-Kram.
„Du bist doof." Bibi streckte mir die Zunge raus und Jo fügte kichernd hinzu: „Und was ist mit den Jungs?"
„Marten hat keine Probleme damit, sich modisch zu stylen", antwortete Bibi sofort. „Eine pinke Krawatte fände er cool!" Woraufhin wir anderen uns sprachlos anguckten und nichts mehr zu sagen wussten.
„Kommt John?", fragte ich Jo, um vom Thema abzulenken.
„Logisch, was denkst denn du!" Sie grinste verschmitzt. „Danach gehen wir zur Premierenfeier zu ihm nach Hause, seine Eltern sind nicht da."
„WAS?" Überrascht guckten wir sie an, allen voran Bibi, die sich erschrocken die Hand vor den Mund schlug.
„Jetzt tut doch nicht so tantenhaft, ihr seid ja schlimmer als meine Mutter", antwortete Jo grinsend.
Ich schwieg, was hätte ich auch sagen sollen, ohne mich und Philipp zu verraten. Dabei wusste ich aus eigener Erfahrung, worauf Jo anspielte: Nämlich wie sehr mein ganzer Körper kribbelte, wenn ich mit meinem Freund zusammen war. Wie intensiv Küsse sein konnten, wenn

die Hände dabei mitmachten, und wie umwerfend sich seine Haut anfühlte, wenn ich Philipp berührte …

„Deine Angelegenheit", meinte Bibi und rümpfte die Nase. „Marten hat gesagt, dass er mich zu nichts drängen wird, was ich nicht auch will. Und mit ihm … nee, ich weiß nicht." Sie lief rot an und schüttelte sich.

Da lachte Jo sie einfach aus. „Schon okay, lass gut sein, Bibi. Aber kannst du dir vielleicht vorstellen, dass ich *Knutschen* toll finde und Spaß dabei habe?"

Doch Bibi wandte sich nur kopfschüttelnd ab und ließ uns einfach stehen.

Amal dagegen wirkte bedrückt, ihr war diese offene Diskussion über Küssen und Sex mehr als peinlich, das war ihr deutlich anzumerken. Mit ihrem Schwarm aus dem Bürgerpark war sie immer noch nicht weiter, auch wenn sie jede freie Minute mit ihren Geschwistern auf dem angrenzenden Spielplatz verbrachte. Wir hatten lange auf sie eingeredet, doch diesen coolen Skater zum Konzert einzuladen, aber sie hatte frustriert abgewinkt.

„Der interessiert sich sowieso nicht für mich. Ich glaube, er hat schon eine Freundin …"

Ich atmete tief durch. Zu gerne hätte ich Jo jetzt zugestimmt, aber was sollte ich machen? Solange Philipps und meine Liebe ein Geheimnis war, durfte ich nicht darüber sprechen. Was blieb mir jetzt also anderes übrig, als gute Miene zum doofen Spiel zu machen, Jo aufmunternd zuzulächeln und Amal bezüglich ihres Skaters zu ermuntern. *The show must go on!*

The show must go on! – Das waren auch die Worte, mit denen uns Frau Kuckuck am nächsten Tag eine Stunde vor unserem Auftritt begrüßte. Aufgeregt schwirrten wir hinter der Bühne umher, alle *back in black*. Amal hatte sich entsprechend grell die Nägel lackiert, Bibi trug einen wehenden Schal in Pink, Jo pinkfarbene Stiefeletten – und ich einen Ring, den mir Philipp vorhin auf dem Weg zur Aula geschenkt hatte.

„Hundertpro aus Plastik, aber tausendpro aus Liebe", hatte er gesagt, als er ihn aus dem Kaugummiautomaten gezogen und mir an den Finger gesteckt hatte. Sprachlos hatte ich ihm zugeschaut und nicht gewusst, was ich sagen sollte. Da hatte er verschwörerisch hinzugefügt: „Unsere Liebe ist ein Geheimnis, vergiss das nicht. Du bist ... du bist alles für mich! Aber ich darf das nicht vor allen Leuten sagen, denke immer daran, okay?"

Zaghaft hatte ich genickt, es war ungewohnt für mich, klein beigeben zu müssen. Wie ein zu voller Suppentopf schwappte ich innerlich vor lauter Gefühlen über und wusste nicht, wohin mit ihnen, wie konnte er mich da zum Schweigen verdonnern? Aber aus irgendeinem Grund war es ihm furchtbar wichtig, dass niemand von unserer Beziehung erfuhr. Ich war mir nicht sicher, wie lange ich das durchhalten würde.

„Der ist ja cool", bemerkte Jo, als sie mein neustes Schmuckstück an meinem Ringfinger bemerkte.

„Muss mich auch erst noch dran gewöhnen", grinste ich, während ich meine Gitarre stimmte. Es war wirklich ungewohnt, mit dem Klunker am Finger zu spielen.

Nicht ungewohnt für mich war es, dass ein Kamerateam wild gestikulierend die Szene beherrschte, hier ein Mikro aufstellte und einen Stuhl ausleuchtete und Kerstin Neuer hektische Kommandos gab.

„Hast du Bibi irgendwo gesehen?" Marten kam aufgeregt angelaufen. „Sie wollte nur kurz auf die Toilette, aber das ist schon über eine halbe Stunde her."

Erschrocken guckten wir uns an. Bibi und Lampenfieber, das hatte gerade noch gefehlt! Wenn sie kniff, konnten wir unsere Megashow vergessen und das Kamerateam war ganz umsonst angereist. Doch bevor ich etwas sagen konnte, war Amal bereits Richtung Mädchenklo verschwunden.

„Das erfordert Feingefühl, das erledige ich!", rief sie uns im Weggehen über die Schulter zu.

„Apropos Feingefühl", meinte Jo und rückte näher an mich heran. „Amals Skateboard-Schwarm ist doch hier, hat sie mir vorhin zugeflüstert. Ich soll es niemandem sagen, es ist ihr sooo peinlich … ist sie nicht süß?"

Immer diese Geheimniskrämerei! Ich grinste breit und stimmte mein Solo an. Marten fing den Rhythmus ein und trommelte mit, perfekt. Fehlte nur noch –

„Bibi, da bist du ja! Himmel, ist dir was passiert?", rief er und hielt mitten in der schönsten Sequenz inne. Bibi war leichenblass und ihre Wimperntusche verlaufen, aber immerhin hatte sie sich auf die Bühne getraut.

„Schon okay", stammelte sie. „Es ist nur … ich bin so wahnsinnig aufgeregt. Alle hören zu, die Schulleitung, die Eltern. Sogar das Fernsehen ist da …"

„Klar, aber es ist keine Live-Übertragung", versuchte ich, sie zu trösten, und logisch war das natürlich wieder die falsche Bemerkung.

„Du wieder", schnaubte sie mich an, und da wusste ich, sie würde ihr Lampenfieber in den Griff kriegen, denn sie hatte endlich eine Schuldige für ihre schlechte Verfassung gefunden.

Marten zog sie liebevoll in die Arme und reichte Bibi ein Taschentuch.

Doch plötzlich stand Lynn neben ihr und zog sie hinter die Bühne. „Lass mich mal!", sagte sie und schob den verblüfften Marten einfach zur Seite. Sie zückte einen Pinsel und ein kleines Döschen und puderte so lange an Bibi herum, bis diese wieder einigermaßen vernünftig aussah. Abschließend tuschte sie ihr noch die Wimpern, drapierte ihr den pinken Schal hübsch um die Schultern und entließ sie mit einem „Jetzt sing mal schön!".

Mittlerweile hatte sich die Aula bis auf die letzten Stühle gefüllt. Schüler und Eltern liefen aufgeregt umher und suchten nach den besten Plätzen, ein letzter Soundcheck, Frau Kuckucks freundliche Begrüßungsworte und schon ging es los.

Das Flötentrio der fünften Klasse startete mit einem Stück von Mozart, Zeit genug, mich in Ruhe umzugucken, während ich am Bühnenrand auf meinen Einsatz wartete. Wir würden erst in der zweiten Hälfte an der Reihe sein. Bibi hätte zwar lieber ihren Auftritt so schnell wie möglich hinter sich gebracht, aber so musste sie weiter gegen ihr Lampenfieber ankämpfen. Ich war ebenfalls aufgeregt und drehte vor lauter Nervosität pausenlos an meinem Ring, saß doch Philipp in der zweiten Reihe und guckte die ganze Zeit über zu mir herüber. Neben ihm saßen Papa und Roselotte, wie immer Händchen haltend, Lynn mit Yaris, der ausnahmsweise nicht quengelte, Lydia und Oma Lisa, die mir fröhlich zuzwinkerte, als sie mich bemerkte, und Opa Georg hielt den Daumen hoch. Ich lächelte. MEINE Familie saß da und wartete darauf, mir zuzujubeln.

Tosender Beifall riss mich aus meinen Gedanken, als Nächstes kam ein Stück auf dem Klavier, das von einer Siebtklässlerin gespielt wurde, danach spielten drei Schüler aus der Mittelstufe auf Cello und Violinen ein Rondo.

„Wusste ich's doch", wisperte Amal, als wir nach einer gefühlten Ewigkeit endlich die Bühne betraten. Sie stupste mich an die Schulter und deutete unauffällig in die zweite Reihe.

„Hä?"

„Das ist er!", meinte sie und strahlte übers ganze Gesicht, während sie Philipp schüchtern zuwinkte und er ihr zurück. Jo grinste breit.

„Ach, du Scheiße!", entfuhr es mir und erntete prompt einen missbilligenden Blick von der Kuckuck. Höchste Konzentration war gefragt, keine Zeit für dumme Sprüche. Logisch, Philipp war Amals cooler Skater, das hätte ich mir ja eigentlich denken können … Unwillkürlich suchte ich seinen Blick im Publikum, er nickte mir kaum merklich zu und deutete lächelnd auf seinen Ringfinger. *Tsching.* Natürlich. Er und ich. Ich lächelte zurück.

Und dann spielten wir *I see fire*, sanft, gefühlvoll, intensiv. Bibi lief zur Höchstform auf, keine Spur mehr von Lampenfieber, unterstützt von Marianne und Kathy, begleitet von Marten und mir. Für mein Solo erntete ich Szenenapplaus, überhaupt waren wir an jenem Abend die Stars und mussten ausgerechnet bei *La Bamba* eine Zugabe spielen. Bis – ja, bis Philipp zu unser aller Überraschung von Frau Kuckuck auf die Bühne gebeten wurde.

„Er besucht zwar eine andere Schule, aber bereichert unser buntes Konzert mit einer einmaligen Darbietung! Philipp ist zu den *Blind Auditions* bei *The Voice* eingeladen und wir freuen uns über die Gelegenheit, ihn heute schon als Star bei uns begrüßen zu dürfen", rief unsere Musiklehrerin begeistert ins Mikro.

Bibi stupste mich in die Seite. „Deswegen all die Kameras …"

Ich atmete tief aus, mein Herz hüpfte vor Aufregung. Philipp meinte es wirklich ernst mit seiner Karriere als Musiker und hatte es dank Kerstin Neuers Unterstützung ins Fernsehen geschafft. Längst wusste ich, dass sie gemeinsam ein Bewerbungsvideo für *The Voice* gefilmt hatten, leider hatte ich es ja nie zu Gesicht bekommen, weil der DVD-Player an jenem Abend gestreikt hatte. Aber mich wunderte es nicht, so gut, wie er singen und spielen konnte, wir hatten oft genug gemeinsam Musik gemacht und ich gönnte ihm seinen Erfolg von Herzen. Deshalb war ich doppelt gespannt auf seine Performance. Mit einem Mal war ich noch aufgeregter als vorhin, als es um meinen eigenen Einsatz ging. Ich lehnte mich zurück

und lauschte erwartungsvoll den ersten Takten, als er die Saiten anschlug und mit seiner tiefen Stimme anfing zu singen, ich erkannte das Lied sofort. Es war für mich.
Alicia – girl with trouble, girl with luck.
So ein verrückter Kerl! Mein Herz bollerte wie wild los. Philipp saß hier vor Hunderten von Menschen und sang, tief über seine Gitarre gebeugt, als gäbe es nur uns beide in diesem Raum.
Living in a station without feelings ...
Von wegen ohne Gefühl! Ich war voll davon, wir beide waren es. Und mit diesem Lied sang Philipp seine Liebe zu mir in die Welt.
Alicia ...
Jetzt wussten es ALLE! Endlich. Wir müssten uns nicht mehr verstecken und Ausreden erfinden. Ich konnte mein Glück kaum fassen! Obwohl ich innerlich zu platzen drohte und mich am liebsten sofort in Philipps Arme geworfen hätte, versuchte ich, so ruhig wie möglich auf meinem Stuhl sitzen zu bleiben. Unsicher wagte ich einen Blick zu Roselotte, doch die nickte mir nur versonnen zu, als ob sie längst geahnt hätte, dass Philipp und ich ein Paar waren. Lynn grinste verschmitzt, nur Papa, der alte Nullchecker, schien mal wieder nichts zu kapieren und blätterte im Programmheft.
Jubelnder Beifall brach aus, als die letzten Akkorde verstummten, Mädchen stürmten zu Philipp auf die Bühne, umringten und beglückwünschten ihn, Frau Kuckuck bekam Schnappatmung, das Kamerateam filmte. Als sich unsere Blicke über alle Köpfe hinweg trafen, drehte ich

lächelnd an meinem Klunker als Zeichen dafür, dass ich verstanden hatte, und Philipp lächelte zurück. „Später", formten seine Lippen. Klar, für ihn hatte soeben ein Leben in der Öffentlichkeit begonnen, da galten andere Gesetze.

Jo fiel mir jubelnd um den Hals. „Das hast du gut gemacht", rief sie und ich wusste nicht, wie sie das meinte. „Und Bibi hat so toll gesungen!"

Bibi nickte hoheitsvoll, würdigte mich keines weiteren Blickes und ließ sich von Marten Richtung Backstage begleiten.

Amal stupste mich in die Seite. „Sorry, wenn ich gewusst hätte … Aber er hat mich eh kaum beachtet."

Papa kam zu mir und platzte vor Stolz, weil ich solch ein geniales Solo hingelegt hatte, und Roselotte strahlte von einem Ohr zum anderen, vor allem wegen Philipp. Der wiederum gab ein Interview nach dem nächsten und lächelte in die Kameras, die ihn unaufhörlich knipsten. Der geborene Star! Ich gönnte es ihm von Herzen, auch wenn ich mich gerade etwas überflüssig fühlte. Zum Glück verkniffen sich die anderen weitere Bemerkungen über Philipps Song.

Lynn war mit einem Mal neben mir und schob mich aus der Menge. Unsere Familie wollte nach Hause, schließlich hatten Papa und Roselotte ihren Hostel-Gästen gegenüber Verpflichtungen. Obwohl ich noch gerne in Philipps Nähe geblieben wäre, ließ ich es zu, ich hätte nie im Leben gedacht, dass ich mich mal von Lynn so gerne retten lassen würde.

Zu Hause lief ich schnell unter einem Vorwand auf mein Zimmer und schmiss mich aufs Bett, ich musste dringend alleine sein. Unten stießen sie mit Sekt und Selters auf den berühmten Sohn des Hauses an, ein paar Gäste, die von dem gelungenen Konzert mitbekommen hatten, gesellten sich einfach dazu. Wie hatte Roselotte es formuliert: ein bunter Ort der Begegnung für alle, *Familie* eben … Ich seufzte tief.

Und als ich alleine auf meinem Bett lag, wanderten meine Hände wie von selbst zu meiner alten Schachtel, die ich von Oma Lisa geerbt hatte und die ich seitdem immer wieder mit kleinen und großen Schätzen füllte. In ihr bewahrte ich zum Beispiel den feinen Goldring mit den Initialen L + G auf, von denen ich bis heute nicht wusste, was sie bedeuteten. Auf dem Deckel lag zu meiner Überraschung ein kleines schwarzes Notizheft – ein Tagebuch von Mama! Aufgeregt schlug ich es auf und las:

Meine liebe Kleine, (hey, ich war immerhin schon dreizehn!!!)

was für eine Aufregung! Ich kann gut verstehen, wie du dich fühlst, mit solch einer großen Liebe im Bauch. Das macht verletzlich, aber auch unglaublich stark, glaube mir, ich weiß, wovon ich spreche … Aber viel wichtiger als die Liebe zu einem Jungen ist die Liebe zu dir selbst. Sie macht dich stark, unabhängig und selbstbewusst, weil du dann weißt, wer du selber bist.

Ich hielt inne. Woher wusste sie? Nachdenklich drehte ich Philipps Ring in meiner Hand. Er hatte ihn mir aus

Liebe geschenkt und heute Abend unser Geheimnis in die Welt hinausgesungen. Bald würde er mit seinem Song im Fernsehen auftreten. Aufgeregt las ich in Mamas Tagebuch weiter:
*Wie du weißt, habe ich Leonard damals verlassen, weil unser aller Leben in Gefahr war, deins auch. Aber ich war immer in deiner Nähe, habe von Weitem deine Entwicklungsschritte verfolgt, dafür gesorgt, dass es dir gut ging. Bald schon werden wir uns sehen, versprochen! An diesem Tag feiern wir ein großes Fest für alle, ich kann es kaum erwarten, dich in meine Arme zu schließen.
In Liebe, Mama*
Tränen liefen mir über die Wangen, als ich das Heftchen schloss. Ich würde endlich meine Mama sehen! Und was noch ein viel größeres Geschenk war: Ich konnte ihr vertrauen, sie würde mich nie im Leben im Stich lassen! Ich löschte das Licht und kuschelte mich unter die warme Decke. Gerade als ich am Einschlafen war, drang eine leise Melodie an mein Ohr. Philipp stand unten vor meinem Fenster und sang. So schnell wie nie sprang ich aus meinem Bett, stürmte die Treppe hinunter und fiel ihm um den Hals, egal, was die anderen dachten oder sagten. Lachend wirbelte er mich herum.
„Ab heute keine Geheimnisse mehr!", flüsterte Philipp in mein Ohr, sein warmer Atem kitzelte in meinem Nacken.
„Nie wieder!", antwortete ich und küsste ihn. Zum Glück bemerkte er in der Dunkelheit nicht, wie ich heimlich die Finger kreuzte …

Alicia – girl with trouble, girl with luck
Living in a station without feelings
Lonesome girl, lonesome heart
But there the one who makes it start
Change her life for a better way
Change her feelings day by day
Alicia – girl with trouble, girl with luck
…